정리의 기술

국립중앙도서관 출판시도서목록(CIP)

정리의 기술 ; 하루를 48시간으로 사는 / 사카토 켄지 글
; 이봉노 옮김. -- 인천 : 북뱅크, 2004
p. ; cm

ISBN 89-89863-24-4 03830 : ₩8500

325.04-KDC4
650.1-DDC21 CIP2004000816

하루를 48시간으로 사는

정리의 기술

사카토 켄지 지음 | 이봉노 옮김

북뱅크

프롤로그

'정리 잘하는 사람' 에서 '정리의 달인' 으로!

우선, 여러분 책상 주변을 둘러보자. 필기구와 스테이플러, 풀 등 평소에 자주 쓰는 물건들이 여기저기 흩어져 있지는 않은가.

널브러져 있는 서류가 처리중인 것인지 이미 처리가 된 것인지도 알 수 없다. 게다가 애당초 어디에 무슨 서류가 있는지 찾는 것조차 힘들지는 않은가.

서랍 안 어디에 뭐가 있는지는 알고 있는가.

몇 년이나 보지 않은 신문 스크랩이나 기획서, 회의록 등이 제목도 붙어 있지 않은 파일에 들어 있지는 않은가.

컴퓨터 안 어떤 폴더에 어떤 파일이 들어 있는지는 알고 있는가.

평생 자료 수집에 집념을 불태웠던 평론가 오타쿠 소이치(大宅壯一) 씨는 "인생의 절반은 물건을 찾는 데 소비한다"라고 했다. 그의 집대성이 잡지 전문 도서관인 '오타쿠(大宅) 문고'이다. 이는 오타쿠 소이치 같은 사람조차도 정리하는 데는 애를 먹었다는 증거일 것이다.

이야기가 조금 핵심을 벗어났다.

어쨌든 이 책은 '정리술'에 대한 실용 서적이다.

'정리'도 여러 가지가 있다. 스케줄 정리, 정보 정리, 책상이나 사무실 정리, 신변 정리 등등. 이 모든 것이 중요한 것이다. 하지만 '일을 효율적으로 하고 싶다'면, 우선 책상 주변 정리부터 해야 한다.

책상 주변은 엉망이지만 일은 잘한다는 사람들도 있기는 하다. 하지만 그들을 잘 관찰해 보면 그런 사람 주변에 대단한 두뇌 소유자가 있거나 아니면 자신이 엄청난 기억력의 소유자이다. 평범한 비즈니스맨이나 사회인들은 '쓸데없는 물건 찾기'로 허비하는 시간을 조금이라도 줄이는 것이 일과 삶을 조금 더 편하게 하는 포인트이다.

한편 편집증적일 정도로 '정리'에 집착하여 주변의 모든 것에 색인을 붙이고 책상 위도 반짝반짝하지만, 일은 그다지 잘하지 못하는 사람도 있다. 내가 보기에 이런 사람은 단지 '정리를 잘하는 사람'에 그칠 뿐 '정리의 달인(이라고 할 것까지도 없지만)'이 되지 못했기 때문이다.

정리를 잘하는 사람은 필요한 서류뿐만 아니라 아이디어나 노하우도 정리해 둔다. 솜씨도 좋다. 솜씨가 좋으니까 판단에 실수가 없다. 그리고 시간 여유도 생기니까 참신한 아이디어도 고안해 낸다

하지만 그저 '정리를 잘하는 사람'으로 끝나버리는 사람들은 대부분 예외 없이 경직되어 있다. 극단적으로 말해 보기에는 좀 지저분하더라도 일만 멋지게 잘 해낸다면 상관없다. 이렇게 말하면 오해의 소지가 있을 수도 있겠지만 일을 잘하는 사람들은 대개 융통성이 있고 균형감각도 있다. 그리고 머릿속도 항상 깔끔하게 정리되어 있다.

최근에는 '버리는 것'이 인기를 끌고 있다. 정리를 잘하지 못하는 사람들은 확실히 쓸데없는 것과 불필요한 것들을 가지고 있다. 무엇을 찾더라도 1백 가지 서류 중에서 찾는 것과 50가지 서류 중에서 찾는 것과는 소요 시간이 크게 달라진다.

정리의 기본은 '필요 없는 것은 버린다'는 것이다.

어떤 것이 필요 없는 것인가 — 그것은 사람에 따라 다르다. 내 나름대로의 지침 같은 것을 이 책에 써 놓았으니 참고해 주기 바란다.

책상 주변을 정리하다 보면 서랍이나 파일에 얼마나 소용없는 자료들이 많이 들어 있는지 알게 된다. 그것들은 대부분 '불필요한 정보' 이다.

당신이 비즈니스맨이든 가정주부이든 여러 정보에 둘러싸여 살고 있다. 당신은 신문이나 잡지, 텔레비전이나 영화 등에서 정보들을 취사선택하며 살아가고 있다.

이 취사선택이 '정보의 정리' 인 것이다. 현대 같은 정보화 사회에서는 넘쳐나는 정보를 얼마나 잘 정리하여 자신에게 도움이 되는 것만을 취하는가가 매우 중요하다.

그리고 정리는 '시간' 에 대해서도 마찬가지이다. 왜 하는지조차 알 수 없는 잡일 때문에 본래의 중요한 일을 할 수가 없다, 약속이 겹쳤다, 계획대로 일이 진행되지 않는다…, 혹은 하기 싫은 일을 맡게 되거나 주변에 휘말려 자신의 리듬대로 일을 할 수가 없다.

이러한 일들은 당신이 '시간 정리' 를 제대로 하지 않았기 때문에 발생한다. 단순하게 말해 스케줄대로만 일할 수 있다면 머릿속이 복잡하지 않고, 일하는 데 헛수고도 없어지고, 능률도 오를 것이다. 물론 그것이 좀처럼 쉽지 않은 것이 사무 현장이기는 하지만 말이다.

나는 지금 마케팅 관련 컨설턴트 일을 하고 있지만, 지금까지 그래픽 디자이너, 에디터, 카메라맨, 이벤트 기획자, 세미나 강사, 작가, 여행 코디네이터 등 여러 일을 해 왔다. 그러는 동안 이러한 세계의 사람들이 일하는 방식도 보아왔다.

그 결과, 효율적으로 일을 하기 위한 내 나름대로의 시스템을 만들어 왔다고 생각한다. '시스템' 이라고 하면 좀 과장이겠지만, 메모를 잘하는 법, 정리를 잘하는 법 등 모두 가장 기본적인 것들뿐이다. 그러한 일들을 거쳐오면서 알게 된 것이 두 가지 있다.

그 하나는 '정리를 하지 못하는 사람은 물건을 잘 잃어버리고 실수하는 경우가 많다' 는 것이고, 또 '정리를 하지 못하는 사람은 아무리 많은 정보가 있어도 유용하게 사용할 수 없다' 는 것이다.

둘 다 지극히 당연한 이야기이지만 말처럼 쉬운 일은 아니다.

이 책은 그러한 관점에서 '정리의 기술' 을 설명한다.

제1장에서는 왜 정리할 수 없는가를 생각한다. 여기서는 우선 '깔끔

하게 치우는' 것에서부터 시작하는 것이 왜 중요한가를 설명한다.

제2장에서는 책상 주변의 정리, 물건의 정리를 설명한다.

제3장에서는 아이디어를 어떻게 정리하는가를 설명하겠다. 이것이 정보 정리의 포인트이다.

제4장에서는 시간의 정리술을 설명한다.

또한 정리라는 의미에서는 컴퓨터 데이터 정리도 중요한데, 그것은 제3장에서 간단히 훑어보는 정도로 지나가겠다. 그것에 대해서는 컴퓨터 서적 분야에 잘 설명되어 있는 책이 많이 출간되어 있으므로 참고해 주길 바란다.

정리 정돈을 잘하지 못하는 당신에게.

무엇이 어디에 있는지 도통 알 수가 없다는 당신에게.

이 책은 분명 당신의 그러한 상황을 개선하는 데 도움이 될 것이라고 믿습니다.

저자

차례

제 3 장 정보의 정리 & 활용은 어떻게 할까?

제 4 장 '시간' 을 어떻게 정리하는가?

CHAPTER 1

도대체 왜 정리할 수 없는 것일까?

'정리할 수가 없어!', '일이 정돈되질 않아!' 하고 고민하는 사람들은

우선 책상 주변 정리부터 시작해 보자

CHAPTER_1

01 어째서 언제나 허둥대고 바쁘기만 한 것일까?

정리를 하지 못하는 사람은 언제나 바쁘다

언제나 허둥지둥 찾기만 하는 사람들이 있다. 어쩌면 당신도 그런 사람일지 모른다. '이래서는 안 된다' 고 생각하지만, 자신이 **정리를 못한다고 생각하는 사람**들은 도대체 어디서부터 손을 대야 할지도 모르는 것이다.

찾는다는 것은 그것이 어디 있는지 모르기 때문이다. 바꿔 말하면 **찾는 물건이 어디 있는지 알고 있다면 무언가를 찾는 시간은 거의 제로(0)에 가까워진다.**

당연한 소리를 왜 하느냐고 항의할지 모르지만, 실제로 말 그대로이다. 물건을 찾는 시간이 줄어들면 일에 금방 집중할 수 있고, '잠시만 기다려주십시오' 같은 말은 할 필요도 없다.

물건을 찾는 시간을 줄이는 최대의 포인트는 불필요한 물건을 없애는 데 있다. 예를 들어 어떤 자료를 찾을 때 몇 년 동안 본 적이 없을 정도로 필요성이 낮은 자료가 많다면, 찾아야 하는 자료를 찾아내는 데 그만큼 시간이 더 걸리기 마련이다.

불필요한 자료더미와 싸우고 있는 동안 시간은 흘러가는 것이다.

불필요한 것은 버린다— 최근 여러 책들에서 다루는 내용이지만, 뭐니뭐니 해도 이것이 정리의 기본이다. 단, 무엇이 불필요하고 필요한가는 사람에 따라 각각 달라진다. 무엇이 불필요한가를 파악하는 판단력 역시 필요하다.

그런 내용들은 나중에 자세히 설명하겠다. 여기서는 우선 '버린다'는 것이 정리의 기본이라는 점만을 짚어두는 정도로 하고 넘어가기로 하자.

애당초 필요 없는 일에 지나치게 시간을 허비하는 사람은 언제나 '바쁘다'라고만 한다. 물론 **일상생활에서 일은 이것저것 많을 수밖에 없다. 하지만 그런 사소한 일들을 어떻게 처리하느냐에 따라서 업무의 속도는 큰 차이가 나게 된다.**

예를 들어 비슷한 일은 한꺼번에 모아서 한다. 전화를 하는 일 같은 것도 될 수 있으면 한번에 한다. 우편물을 보내기 위해 우체국에

들러야 한다면 현금 불입이나 우표 구입까지 같이 하는 식이다.

'지금 바로 한다'가 정리의 첫걸음이다

책상 주변이 어지럽거나 스케줄이 꼬여 있으면 당신은 '큰일이군. 어떻게 하지?' 하고 고민할 것이다. 그래서 정리 방법이나 규칙, 시스템 같은 것이 몸에 익지 않은 사람은 결국엔 나중으로 미루어버린다.

불필요한 서류더미를 보고 '어떻게 하지?' 하고 고민하는 것만으로는 정리가 되지 않는다. **어수선하다고 생각된다면 바로 정리한다**—이를 습관화하기 바란다.

나중에 시간이 나면 정리하자. 이렇게 해서는 정리가 제대로 되지 않는다. 나중으로 미루는 동안 처리가 안 된 서류더미들은 점점 쌓여만 갈 뿐이다.

매일 정리 정돈하는 습관을 들인다

'지금 바로 한다'라는 마음가짐이 중요함과 동시에 정리하는 행동을 습관화하는 것도 중요하다. 예를 들어 나는 하루 일이 끝났을 때나 외출 할 때(어느 정도 오랜 시간 동안 책상에서 떨어져 있을 때)에는 책상 위를 가능한 한 '아무것도 없는' 상태로 만든다. 물론 최소한의 문구류나 파일, 주소록 등은 남겨두지만, 서류나 기획서, 메모가 난잡하게 책상 위에 흩어져 있게 놔두는 일은 없다.

게다가 한 달에 한 번 날짜를 정해서 서랍 안이나 파일 내용을 정리한다. 이를테면 '정보의 재고 조사' 인 것이다.

정리 정돈을 잘 못하는 사람은 규칙을 지킬 수가 없다. 그러니 자신이 지킬 수 있는 최소한의 규칙을 정하는 것부터 시작하자.

'바로 한다!', '매일 한다!', '규칙대로 한다!'

이것을 언제나 자신에게 들려주는 것이다.

물건 정리뿐만 아니다. 하루 일이 끝났을 때에는 그 날 한 일을 돌아보고 다 처리하지 못한 일은 내일 어떻게 해야 할 것인가 생각하고, 오늘 마친 일은 다시 한 번 점검해 본다. 이렇게 **무엇이든지 '점검' 하고 일을 끝마치는 것을 규칙으로 한다.**

이것도 불필요한 곳이 없는 스케줄을 만드는 데 매우 중요한 기본이다.

정리를 잘하는 사람에게는 중요한 일을 맡길 수 있다

만약 당신이 어떤 중요한 프로젝트를 위임받아 모든 책임을 지게 되었다면 어떤 사람에게 그 일을 맡길까?

책상 위가 엉망인 사람이나 언제나 자료 같은 걸 찾는 사람에게 그 일을 맡길 수 있을까? 설령, 책상 위는 깨끗하더라도 스케줄 정리가 제대로 되지 않아 준비도 제대로 못하는 사람에게 그 일을 맡길 수 있을까?

또 맡긴 자료를 바로 처리하지 못하는 부하직원에게도 급한 일이나 중요한 일은 맡길 수 없을 것이다.

또한 **회사에서 언제나 임전태세를 유지하기 위해서는 자신의 집도 정리되어 있는 상태로 만들 필요가 있다.** 그래야 언제나 냉정을 유지할 수 있다.

이처럼 '정리' 라고 하는 것은 일을 효율적으로 진행하는 데 빠뜨릴 수 없는 기술이다. '정리가 서투른 사람은 중요한 일을 할 수 없다' 고 단언해도 좋다.

게다가 오늘날과 같은 정보화 사회에서는 정보가 홍수처럼 밀려온다. 취사선택이 가능하다면 좋겠지만, 무엇을 버리고 무엇을 남길지는 매우 어려운 문제이다. 이것도 정리 능력의 일종이다.

이 책은 주로 다음과 같은 경우로 고민하는 사람들을 위해 쓰여졌다. 한 가지라도 해당 사항이 있는 사람은 반드시 끝까지 읽어주기 바란다.

이 책을 반드시 읽어야 할 사람

- 작업 환경이 어수선하여 제대로 일을 할 수가 없다
- 일이 다음 단계로 착착 진행되지 않는다
- 책상 위나 주변이 어수선하다
- 업무에 필요한 자료를 찾는 데 시간이 걸린다
- 중요한 서류 등을 곧잘 잃어버린다
- 직장 동료에게 깔끔하지 않다는 인상을 심어주고 있다
- 정리를 못해서 일에 집중하기 힘들다
- 생각만큼 일의 능률이 오르지 않는다
- 언제나 '책상 정리 좀 하라'는 지적을 받는다
- 스크랩 해둔 신문이나 잡지 기사가 언제나 어딘가로 없어진다
- 시간 관리를 못해서 종종 약속이 겹치는 경우가 있다
- 책상 앞에 앉아도 일할 의욕이 나지 않는다

CHAPTER_1

02 우선 책상 주변 정리부터 시작한다

정돈과 정리는 어떻게 다른가?

기분좋게 일할 수 있는 환경을 만드는 데 있어 우선 짚고 넘어가야 할 것은 '정리'와 '정돈'은 다르다는 것이다. 이것은 많은 책에서 언급했지만, 여기서도 짚어보도록 하자.

정리란 필요한 물건을 사용하기 쉽게 만들어두는 것－바꿔 말하면 필요한 것과 필요 없는 것을 나누어서, 불필요한 것은 버리고 필요한 것만 효과적으로 놓아 두는 것이다. 그리고 정돈이란 내용의 중요성과는 관계없이, 단순히 보기좋게 치우는 것을 의미한다.

예를 들어 책상 위가 어수선하다고 하자. 그러면 거기에 있는 불필요한 서류는 버리고, 필기구 등을 쓰기 쉽게 놓아두는 것이 **정리**이다. 이에 비해 **정돈**이란 필요한가 필요하지 않은가가 문제가 아니라 단지 보기에만 깔끔하도록 치우는 것이다.

물론 필자는 정돈을 부정하지는 않는다. 책상 위에 서류나 필기구 등이 어수선하게 놓여 있는 것과 깨끗하게 놓여 있는 것과는 일에 임하는 기분부터 틀려지기 때문이다.

정리를 할 때도 우선 엉망인 상황을 어떻게든 하지 않으면 시작할 수가 없다. 그래서 우선 '깔끔하게 치우는' 것부터 시작하도록 하자. 산처럼 쌓인 서류더미, 엉망인 책상 서랍 속—이것을 우선 '치우는' 것이다.

무리하게 정리하려고 하지 않아도 된다. 무너질 것만 같은 서류더미를 일단 깨끗하게 놓아두는 것 정도라도 좋다. 치우는 도중에 근처 술집에서 받은 광고지 같은 불필요한 서류들이 보이면 그것만이라도 버리자.

특히, 정리가 극단적으로 서툴러 어디서부터 시작해야 할지 알 수 없다는 사람의 경우에는 이러한 '우선 치우고 본다' 는 것이 꽤 효과가 있다.

정돈에서 정리로

책상 주위를 깨끗하게 정돈하면 덩달아 기분도 좋아진다. 정리에 관한 책들 대부분은 '정리와 정돈은 틀리다' 고 강조하면서, '정돈만 한 것으로는 정리는 되지 않는다' 고 마치 나쁜 일을 저지른 것처럼 말하곤 한다. 물론 **정돈하기만 한 것으로는 정리가 된 것이라고 할 수 없지만, 전혀 무의미한 일도 아니다.**

예를 들어 일을 하나 마무리지으면, 사용한 물건들은 원래 있던 캐비닛이나 서랍에 다시 넣어둔다. 이것은 정돈의 기본 중 기본이다. 그렇게 하고 늘 사용하는 물건만 책상 위에 놓도록 한다. 적어도 작업이 일단락되었을 때에는 책상 위를 전부 치우고 제로 상태로 만드는 것이 일을 잘 해낼 수 있는 지름길이다.

단, '보기 좋게 정돈한다'와 '중요한 것과 그렇지 않은 것을 판단해 나누어 정리한다'는 것은 전혀 다른 일이라는 것도 기억해 두었으면 한다.

본래 정돈의 기본은 분류하는 것, 제자리에 갖다두는 것, 버리는 것이다. 여기에서의 키워드는 '없애는 것'이라고 할 수 있다.

책상 위에 어지럽게 흩어져 있던 물건들을 분류하여 원래 있던 자리에 넣어두었더니 책상 위에는 아무것도 남지 않았다. 조금 전까지 책상 위에는 지금껏 하던 작업 자료들이나 메모 등이 어지럽게 흩어져 있었지만, 지금 책상 위에 남아 있는 것은 필기구가 꽂혀 있는 펜꽂이와 노트북뿐이다. 나머지는 눈에 보이지 않는 곳으로 사라져버렸다.

이렇게 하는 것만으로도 '내일은 책상 서랍을 정리해 볼까?'라는 마음이 들지도 모른다.

우선 정돈을 한 뒤 정리를 하자

정돈만으로는 정리가 되지 않는다

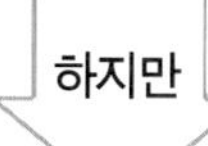

하지만

정돈하지 않는다면 정리도 할 수 없다!

정돈의 기본이란?

03 '넣어둔다' 가 아닌 꺼내서 사용할 때를 생각한다

'얼마나 잘 활용할 것인가' 를 생각한 수납을 하자

물론 이 책은 '정돈의 책' 이 아닌 '정리의 책' 이므로 단지 '물건을 잘 넣어두는 것' 만으로는 '정리가 아니다' 라고 할 수도 있다. 그러므로 물건을 수납할 때 염두에 두어야 할 것을 말해 보겠다.

정리라고 하면 '수납' 과 함께 생각하기 쉽다. 물론 '정리 수납의 명인' 과 같은 말도 있기는 하다. 하지만 서류를 어딘가에 집어넣어 두는 것만으로는 아무 의미가 없다.

정리 수납이란 '어떻게 넣어두는가' 가 아닌 '얼마나 잘 활용하는가' 가 중요한 것이다. 즉, 찾기 쉽고 꺼내기 쉽게 넣어두지 않으면 안 된다.

작업에 활용하기 위한 정리법이란 책상 위나 서랍 속을 깨끗이 정돈하는 것만으로는 부족하다. '정돈하면서 정리한다' 는 스타일을 만들어내는 것이다.

정리 계획을 세우는 것이 중요하다

스타일을 만들어내는 것이 그리 간단한 것은 아니다. 사실 이 책은 그 스타일에 대해 2백여 페이지에 걸쳐 설명하는 것이라고 이해해 주셨으면 한다.

눈앞을 잘 보기 바란다. 책상 위가 어질러져 있지 않은가. 책상 주변에 산더미처럼 자료가 쌓여 있지는 않은가.

우선 그런 점들을 체크해 본 뒤 처음에는 대강 정돈을 하자. **'나중에 하지' 하고 미뤄서는 안 된다.** 지금 곧(아무리 늦어도 그 날 안에) 하도록 하자.

특히, 책상 위가 곧잘 어지러워지는 사람은 **사용한 물건을 원래 있던 위치에 돌려놓지 않는 나쁜 버릇**이 있을 것이다. 우선 그런 버릇부터 고치도록 하자.

그리고 정돈하는 도중에 불필요한 물건은 과감히 버리도록 하자. 불필요한 물건을 쌓아두지 않는 것이 뛰어난 실적을 올릴 수 있는 지름길이다.

불필요한 물건들은 과감히 버리려고 해도 '이건 어떻게 할까' 하고 망설이게 하는 물건들이 꽤 있을 것이다. 이런 물건들은 일단

'임시 보관함'에 넣어두자. 상자도 좋고, 잡화점(할인 매장) 등에서 파는 플라스틱 통이라도 상관없다. 단, 이러한 상자는 3개 이상 두지 말아야 한다. 너무 많으면 '일단 여기 넣어두지 뭐' 하기 쉬워 임시 보관함만 늘어나게 된다.

정리 정돈하는 시간을 설정한다

정돈이나 정리를 할 때에는 1시간, 2시간 등으로 그 내용에 따라 작업에 소요될 시간을 정해 두자. 그리고 정해 둔 시간보다 빨리 끝낼 수 있도록 연습해서 한 번에 할 수 있는 작업량을 늘리도록 하자.

이를 위해서는 우선 시계를 세 개 준비한다.

눈앞과 정면, 책상 왼쪽(전화기 옆, 전화를 받을 때 보는 곳 등).

항상 눈길을 두는 곳 – 예를 들어 일정표나 달력이 있는 곳 등에 시계를 놓아둔다.

그리고 다음과 같은 일정표에 오늘 해야 할 일을 기입하여 작업을 한다. 시간을 정해 두면 자신도 모르는 사이에 시간 내에 작업을 마칠 수 있게 된다.

한 달에 한 번 점검하는 날을 정해 두는 것도 좋다

나의 정리 정돈 주기를 소개해 보겠다.

필자가 사용하고 있는 일정표

일	요일	의뢰인	담당	AM 9 10 11 12 PM 1 2 3 4 5 6 7 8
10	월			↔ 기획서 작성 ↔ 원고작성
11	화			↔ 정리 ↔ 원고작성
12	수			↔ ○○협의 (△△씨 등)
13	목			

'몇 시부터 몇 시까지는 ~을 한다' 고 하는 간단한 내용이라도 상관없다.

▶ **매일 10분**

오늘 쓸 자료들을 정리한다. 필요한 자료는 금방 꺼낼 수 있는 파일 등에 분류하여 넣어둔다. 필요 없는 자료는 그 자리에서 바로 버린다.

▶ **매주 1회 ( )요일**

일주일분의 자료를 분류 정리한다.

▶ **매월 1회 ( )일**

그때까지 모인 자료들을 검토하고, 불필요한 자료들은 모두 처분한다. 1개월 이상 필요가 없던 자료들은 불필요한 것으로 간주하고 종이 가방에 넣어 책상 밑 등의 장소에 모아둔다. 이 날이 바로 '점검하는 날' 이다.

▶ **일 년에 두 번, 6월과 12월**

그때까지의 파일 정리 방식을 점검해 본다.

이와 같이 자신의 **'정리 주기'** 를 만들어 보자. 이때 중요한 것도 '필요 없는 것은 버린다' 이다.

사람에게는 '가지고 있는 것만으로도 안심이 되는' 서류 또는 자료가 있다. 이래서는 안 된다. 자기 나름대로의 기준을 정해서 **'O 개월 이상 보지 않은 자료는 그냥 버리도록 하자'** 는 식으로 정해 두는 것이 좋다. 기준은 사람에 따라 또는 작업에

'정리 주기'를 만들자

매일 10분 주변 물건을 정리하고 필요하다면 파일 등에 분류

불필요한 것은 그 자리에서 버린다

매주 1회 일주일분의 자료를 분류, 정리한다

매월 1회 그때까지의 자료를 보고 불필요한 것은 처분하자. 처분 여부가 고민이 된다면 일단 보관해 두자

일 년 이상 필요 없었던 혹은 보지 않았던 자료는 버린다

따라 달라지지만, 우선 일 년을 기준으로 한다.

정리를 위한 6가지 원칙

1. 버리는 규칙을 정한다

[예]

- 일 년이 지나면 버린다
- 용건이 끝난 자료는 버린다
- 흥미가 없어진 것은 버린다

2. 분류에 대한 규칙을 만든다

[예]

- 의뢰자별로 색을 다르게 한다.
- 프로젝트별로 색을 다르게 한다.

3. 내용을 한눈에 알아볼 수 있는 구조로 만든다

[예]

- 이름표를 붙인다
- 제목을 붙인다
- 색을 다르게 한다
- 투명 케이스에 보관한다

4. 언제나 볼 수 있는 상황 • 환경으로 만든다

[예]

- 색인을 만든다
- 캐비닛을 열면 자료들이 한 눈에 들어오도록 놓아둔다

5. 일단 정리가 끝나면 머릿속에서 지워버린다

[예]

- 수첩 등에 메모한 사항은 잊도록 한다

6. 눈앞에서 치운다

[예]

- 캐비닛 안에 넣는다
- 박스 파일 안에 보관한다
- 책꽂이에 꽂아둔다

04 한꺼번에 모두 하려고 하기 때문에 잘 되지 않는다

하루 일과 속에 '정리라고 하는 작업'을 반드시 넣어둔다

어떤 사람이라도 모든 일을 한꺼번에 해결할 수는 없다.

지금까지 설명한 대로 자기 나름대로 **'정리 주기'**를 만들어 정기적으로 정리하지 않는다면 쓰레기는 점점 쌓여만 갈 것이다.

예를 들어 2층으로 올라갈 때, 방향이 바뀌는 코너 부분에 계단참이 있는데 우선 그곳까지 올라간다. 그리고 계단참에서 잠시 숨을 고른 다음 방향을 바꾸어 또 올라가면 된다.

일이라는 것도 이와 같다. 무언가를 잘 해내기 위해서는 어떻게 계속 해야 할지를 먼저 생각해 보는 것이다.

정리도 이와 마찬가지이다. **매일 정리만 하고 있다면 누구든 싫증이 날 것이다.** 일 주일 또는 한 달에 한 번 식으로 날짜를 정해서 정리하는 것이 좋다.

하지만 본래 정리라는 것은 시간 낭비를 줄이는 것이다. 그러므로 내가 말하고자 하는 것은 엉망으로 어질러져 있는 책상 위를 일정한 날을 정해서 한꺼번에 정리하라고 하는 의미가 아니다. **정리란 우리가 매일 하는 행동 속에 들어 있는 것이다.** 이를테면 문구류의 위치를 바꾸거나 자료를 파일에 철하는 일 등을 하는 것만으로도 쓸데없는 정리 시간은 훨씬 줄어들 것이다.

구체적인 방법에 대해서는 **제2장** 이후에 자세히 설명하고 있으므로 이를 참고하기 바란다.

가능한 일부터 시작하라

지금 책상 위가 엉망이라고 해 보자. 그렇다면 우선 책상 위를 정리해야 한다. 책상 위는 어느 정도 깨끗한 편이지만, 명함 정리가 제대로 되어 있지 않다면 명함꽂이를 정리한다. 이처럼 **나름대로의 우선순위를 정해서 해나가는 것이다.**

한꺼번에 해치우는 것도 한 가지 방법일 수 있지만, 우선 가능한 일부터 시작하는 것이 중요하다.

05 완벽하게 하려고 하기 때문에 정리가 잘 되지 않는다

즐기면서 하라

무슨 일이든 마찬가지지만, 싫은 일을 억지로 하면 오래 할 수 없고 잘 되지도 않는다. 우선 정리를 즐기는 것이 중요하다. 정리가 의무가 되어서는 안 된다.

물론 정리란 질서정연하고 똑바르게 만드는 것이기 때문에 대충대충 하면 곤란하다. 그렇지만 너무 세세하게 계획을 세워서 그대로, 그것도 **한꺼번에 깨끗이 정리를 하려고 하기 때문에 오히려 제대로 정리가 되지 않는다.**

일 주일에 한 번, 한 달에 한 번 식으로 날을 잡아서 정리를 한다. 정리를 할 때에는 음악이라도 들으면서(가능한 한 빠른 템포의 곡) 즐기도록 하자. 원래 정리가 서투른 사람은 정리라는 행위 자체가 고통이다. 괴로운 일을 하기 위해서는 나름대로 기분 좋은 분위기를 만드는 것도 중요하다.

조명이 어두우면 기분이 가라앉는다. 가능한 한 밝게 하여 명랑한 기분으로 일할 수 있도록 해야 한다.

또 복장은 움직이기 편하고 피로를 느끼지 않도록 한다. 단, 정리를 할 때 입는 옷을 정해 놓으면 기분도 정리 모드로 바뀐다. 이렇게 형태부터 바꾸는 것도 좋을 것이다.

또 배가 고프면 힘이 떨어지기 쉽다. 정리할 때에는 마실 것이나 먹을 것을 미리 준비해 두자. 튜브로 된 젤리 형태의 음식이 먹기 쉽고 간편하다.

물건을 살 때 나중에 쓰레기가 되는 포장재 등은 버리자

꼼꼼한 사람들은 오디오나 PC 등을 사고 그 상자를 모아둔다. 이사를 할 때 편리하기 때문인데, 요즈음은 대부분의 이사업체들이 깨끗하게 포장을 해 준다. 즉, **포장재 등을 미련 없이 버리는 것이 벽장 등을 잘 활용할 수 있는 길이다.**

대부분의 상품들은 구입과 함께 패키지나 포장재 등 불필요한 것들까지 따라온다. 수첩의 리필 내지 같은 것도 비닐로 포장되어 있고, PC의 CD-R 등의 기록 매체 케이스나 상자 등은 바로 쓰레기가 된다.

나는 이러한 물건들을 집이나 사무실에서 개봉할 때 쓰레기가 되는 포장이나 상자 등은 가게에서 받은 비닐봉투에 넣어 그 자리에서 바로 버린다. 상자를 열기 전에 내용별로 분류하여 담을 쓰레기 봉투를 3개 정도 미리 준비하여 포장을 뜯으면서 하나씩 쓰레기 봉투에 담는다.

정보도 마찬가지이지만 물건도 들여놓을 때가 중요하다. 물건이 늘어나면 그만큼 활용할 수 있는 공간이 줄어들기 때문이다. 무엇을 들여놓을 때는 항상 '최소한의 부피'로 한다는 것을 염두에 두자.

깔끔하게 한눈에 들어오는 것도 중요

그리고 정리가 끝난 후에는 보기좋게 늘어놓는 것도 중요하다. 여기에서의 포인트는

- 형태를 맞춘다!
- 색을 맞춘다!
- 형식을 맞춘다!
- 사이즈(크기)를 맞춘다! 이다.

이것을 정리의 원칙으로 정해 두자. 이에 대해서는 **제2장**에서 자세히 설명하겠다. 예를 들어 자료나 스크랩을 크기별로 맞추어 두거나, 자료 파일을 내용의 중요도에 따라 색깔별로 나누어 놓는 것이

지나치게 꼼꼼해도 잘 정리되지 않는다

보기좋게 배치하는 것도 중요하다
(형태, 색, 형식, 크기별로 나눈다)

예

자료는 가능한 한 크기별로 나눈다
비슷한 종류의 자료는 같은 색 파일에
보관한다 등

**하지만, 처음부터 한꺼번에 모두 해결하려고 하면
쉽게 피곤해지고 오래 하지도 못한다**

나중에 자료를 찾으려고 애쓰지 않아도 되는 최선의 방법인 것이다.

덧붙여 말하자면, 사무실이나 서재 등을 정리 정돈하고 싶다면 물건의 '부피감각'을 익혀두는 것이 좋다.

'이 컴퓨터를 책상 위에 놓으면, 지금 놓여 있는 파일첩은 놓을 자리가 없겠군.'

'이 보관함을 여기 두면 프린터는 놓을 자리가 없겠군.'

물건을 사거나 배치하기 전에 이런 식으로 부피를 파악하면서 레이아웃을 구상해 보는 연습을 해두는 것이 좋다. 환경을 편리하게 만들기 위한 물건이 반대로 최악의 환경을 만들어버리는 경우도 있다는 사실을 기억해 두자.

체중 조절과 마찬가지로 살이 쪄서 움직이기 힘들게 되기 전에 지나치게 먹지 말아야 한다. **필요한 최소한의 물건만을 두도록 한다.** 그리고 자신이 일하는 장소에 들여놓는 물건은 100% 활용하도록 하자.

필요 없는 물건을 시야에서 없앤다

마지막으로 물건을 정리해야 할 필요성을 정리해 보자.

우선 정돈을 하고, 불필요한 물건을 안 보이게 치우면 그것을 잊을 수가 있다.

잊는다고 해서 어디에 무엇이 있는지조차 잊어서는 곤란하다. 어쨌든 당장 필요 없는 것은 장 속이나 보관함 등에 넣어두자. 그렇게

정리의 기본이란?

우선 불필요한 물건을 정리하여
눈에 안 보이는 곳으로 치운다

책상 주변의 불필요한 물건들을 없애면,
물건을 찾는 시간도 줄어들고
일에 금방 집중할 수도 있다

바쁜 나머지 허둥대는 일도 없어진다

자기 자신의 리듬으로 기분좋게 일에 몰두할 수 있기 때문에 새로운 아이디어도 잘 떠오른다

하면 책상 위에는 '필요한 물건' 만 있게 된다.즉, 책상 주변에 불필요한 물건들을 치워두면 물건을 찾는 시간이 단축되고, 일에 빨리 집중할 수 있게 된다. 눈앞에 잡다한 메모 등이 없으니 잡념도 없어질 것이다. 자기 나름대로의 리듬으로 기분좋게 일을 할 수 있기 때문에 바빠서 허둥대는 일도 없어질 것이다.

그렇게 하면 기분도 산뜻해지고, 언제나 새로운 일에 도전할 수 있게 될 것이다.

C H A P T E R

2

'물건' 과 '책상 주변' 을 어떻게 정리하는가?

책상 위나 책꽂이, 캐비닛 등 주변이 깔끔해지고, 일의 속도도 올릴 수 있는 정리는 이렇게 하면 된다!

CHAPTER_2

01 우선 사무실 정리부터 시작한다

이런 사무실에서는 일을 할 수 없다

혼자서 자기 책상 주변을 바꾸는 것은 별로 어렵지 않지만, 사무실 배치를 바꾸는 것은 매우 어렵다. 특히 사무실의 책상 배치를 바꿀 때야말로 '정리의 기술'이 필요하다.

예를 들면 요즈음에는 사무실에 칸막이 설치가 당연시되고 있는데, 만약 칸막이가 없다면 캐비닛 등으로 어느 정도 시계(視界)를 차단하는 방법을 연구해야 한다.

다음으로 주변 바닥 정리인데, 발밑에 널려 있는 전기 코드나 물건들이 신경 쓰여서는 차분하게 일을 할 수 없으며, 일하는 중에 뒤쪽으로 사람들이 지나다닐 때마다 의자를 움직여야 하는 사무실 구조도 곤란하다.

또한 수납 공간도 중요한데, 아무리 '버리는' 것이 정리의 기본이라고는 해도 일을 하자면 자료들은 쌓이기 마련인데, 이 서류들을 나름대로 가지런하게 수납할 캐비닛은 사무실에 반드시 구비해 놓아야 한다.

만약 여러분이 회사원이 아니고 개인 사업을 한다면, 이러한 부분은 상당히 자유로워진다. 회사원인 경우에는 **'동선'**을 중요시해야 하는데, 직원들이 사무실 내에서 불필요하게 움직이지 않고 상호간에 의사소통을 하면서 물 흐르듯이 원활하게 작업을 하기 위해서는 통로 부분을 여유 있게 확보할 필요가 있다.

우선 책상 위부터 치우자

여러분의 책상 위가 엉망인 채 정리가 되어 있지 않았다고 하자. 이럴 때는 다음과 같은 방법으로 정리를 한다.

우선 장바구니와 같은 **바구니에 책상 위에 있는 물건들을 모두 쓸어 담는다.** 박스라도 상관없으니까 무조건 담는다. 그런데 물건을 담다 보면 '이건 나중에 필요하지 않을까' 라거나 '이건 서랍 속에 구분해 넣는 게 어떨까?' 하는 생각이 드는 물건도 있지만, 일단 이런 생각은 버린다. 오늘은 모든 걸 새롭게 바꾸는 날이니까, 일단 책상 위만 깨끗이 치우는 것이다.

책상 위를 가능한 한 넓고 깨끗하게 정리하면서 공간을 넓혀나간다. 정리를 하는 도중에 필요한 것들이 생각나면 그 즉시 메모하여 윗주머니에 넣어둔다. 자질구레한 소품들은 자그마한 상자에 넣어 정리하는데, 박스를 짝수로 준비하면 나중에 서랍 안을 정리할 때 여러 가지로 편리하다. 명함 케이스가 이런 용도에 적당할 것 같다.

만약 공간이 충분하다면 책상 위의 물건들을 박스가 아니라 **보자기** 위에 펼쳐놓고 나중에 그걸 수납 정리하는 것이 가장 좋은 방법이다. 물론 이때 책상 위를 어떤 식으로 배치할 것인지, 서랍 속은 어떻게 정리할 것인지 미리 구상하여 스케치해 두는 게 좋다.

치우는 김에 전기 배선도 깔끔하게 정리하자

한번에 5~6군데의 전원을 끌 수 있는 스위치를 사 둔다. 그 스위치를 좌측에 두고 그곳에서 모든 전원을 배선한다. 또 컴퓨터의 주전원은 따로 배선하고, 그 외의 전원은 통합 스위치로 컨트롤 할 수 있도록 한다. 전기제품의 대기전력은 의외로 만만치가 않다.

무엇보다 먼저 책상 위를 깨끗이 정리한다

박스나 바구니를 2~3개 준비하여
책상 위에 있는 물건들을 대충 분류하여 담는다

'어쨌든 오늘은 책상 위를 새롭게 바꾸는 날' 이라고 생각하고, 세세한 정리는 다음 날로!

CHAPTER_2

02 책상 위를 어떤 식으로 배치할까?

책상을 작업장으로 만든다

그렇다면 책상 위를 어떤 식으로 배치하면 좋을까?

책상 배치란 **기능적으로 막힘없이 일할 수 있는 작업장으로 만드는 것**을 말한다.

정리를 할 때는 자기 비즈니스 전투의 '전략 기지'를 만든다는 생각으로 임해야 한다. 정리를 일이라고 생각한다면 책상 정리도 자꾸 뒤로 미루게 되는데, 그러지 말고 어렸을 적 가지고 놀던 조립식 장난감 만들기 같다고 생각하면 된다. 아니면 자신이 생각하고 있는 상상의 '기지 구축'이라고 생각하고 자기 책상을 정리해 나가는 것도 좋다.

책상 위를 정리하는 목적은 **의자에 앉은 채 무슨 일이든 할 수**

있도록 하기 위한 것으로, 이것이 정리의 가장 기본이다.

필요한 물건을 바로 찾을 수 없거나 그 물건이 금방 눈에 띄지 않아서는 일의 스피드도 떨어진다. 시험삼아 자신이 필요한 물건을 몇 초 만에 찾아낼 수 있는지 시간을 재보면 무엇이 문제인지 알 수 있게 되고, 바로 그 문제가 물건 정리 테마의 하나가 된다.

자주 쓰는 물건은 서랍 속에 넣지 않는다

앞서 '일단 책상 위에 있는 물건을 없앤다'고 했는데, 이는 어디까지나 정리의 전 단계로 일단 박스에 넣은 물건들은 결국 서랍 안이나 책상 위에 다시 정리해야 한다.

이때 중요한 것은 '자주 쓰는 물건은 서랍 속에 넣지 않는다'는 것이다. 그렇게 되면 책상 위가 너무 어수선할 거라고 생각해서는 안 된다. 자주 쓰는 필기구나 스테이플러, 테이프 등은 일의 내용에 따라 다르긴 하겠지만, 보통 **이런 소품들은 책상 위에 꺼내놓고 사용한다.** 이것이 업무를 효율적으로 할 수 있게 하는 포인트이다.

아무리 그렇다 하더라도 너무 어지럽게 내팽개쳐 놓아서는 일하는 데 지장을 초래한다.

책상 주변의 소도구라고 하면 필기구와 수정액, 포스트잇, 메모지, 계산기 등인데, 이러한 물건들은 원칙적으로 책상 앞쪽에 정리해 둔다. 이때 반드시 연필꽂이를 준비해야 한다. 필기구는 세워두는 것이 원칙이며, 그 옆에 메모지를 준비해 두고 스테이플러나 수정액은 연필꽂이에 넣어두면 된다.

연필꽂이에 대해서는 58쪽에서 다시 한 번 설명하도록 하겠다.

포스트잇은 작은 플라스틱통이나 빈 명함 케이스 등에 나누어 담아 전화기 옆에 놔둔다.

어쨌든 기본은 이러한 물건들의 위치를 일정하게 해두는 것이다.

또한 연필꽂이는 하나가 기본인데, 매일 쓰다 보면 펜의 종류가 늘어나기 마련이지만 자주 쓰는 펜은 몇 가지에 지나지 않는다. 그러므로 **그다지 사용하지 않는 펜은 서랍 속에 넣어둔다. 그리고 조금이라도 필기 감각이 떨어지는 것은 미련 없이 버리도록 한다.** 쓰기 불편한 필기구는 점점 쓰지 않게 되고 결국은 쓰지 않게 된다.

연필꽂이는 둥근 것보다 네모난 것이 효율적이어서 좋으며, 꼭 2개 이상이 필요할 경우에는 뒤쪽에 놓는 것은 앞쪽에 있는 것보다 한 단계 높은 것으로 하면 펜을 꺼낼 때 편리하다.

책상 위를 정리하는 순서는?

책상 위를 정리하는 순서에 대해 요약해 보자.

① 필요한 것이나 꺼내고자 하는 것을 의자에 앉은 채로 꺼낼 수

자주 쓰는 소품들은 책상 위에 내놓는다

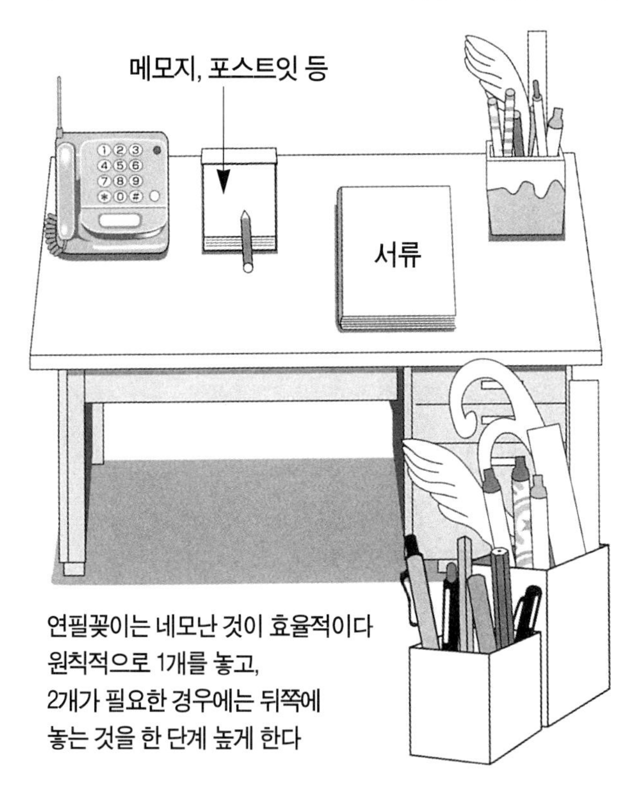

메모지, 포스트잇 등
서류
연필꽂이는 네모난 것이 효율적이다
원칙적으로 1개를 놓고,
2개가 필요한 경우에는 뒤쪽에
놓는 것을 한 단계 높게 한다

Point

자주 쓰는 물건은 위 그림과 같이 책상 위에 놓을 위치를 정한다

있도록 하며, 매일 쓰는 파일이나 자료, 문구류 등은 책상 위에 꺼내 놓는다.(자료 취급 방법에 대해서는 제3장에서 자세히 설명함)

② 자주 쓰는 문구류는 책상 위, 오른손(왼손잡이는 왼손)으로 쉽게 집을 수 있는 곳에 놓아둔다. 필기구는 심을 아래쪽으로 향하게 세워두는 것이 원칙이지만, 굵기가 다른 펜은 뚜껑 부분에 '0.5' 등이 쓰여 있어 심을 아래쪽으로 두면 0.5 밀리미터 펜인지, 0.3 밀리미터 펜인지 알 수 없기 때문에 반드시 아래쪽으로 둘 필요는 없다.

③ 전화기는 좌측에 두고(전화는 왼손으로 받음) 오른손으로 메모를 하는데, 왼손으로 글씨를 쓰는 사람은 반대이다. **전화기 옆에는 항상 메모지와 잘 씌여지는 볼펜을 준비**해 두어야 하는데, 이때 수성 사인펜은 금물이다. 이는 만에 하나 커피라든지 찻물 등이 떨어지면 메모 내용이 지워져버리기 때문이다.

④ 시계는 반드시 글씨를 쓰거나 컴퓨터 작업을 할 때 시야에 들어오도록 배치해 두어야 한다. 이는 일에 몰두하다가 시간을 잊어버리지 않기 위해서이다.

책상 위의 정리(요약)

1

매일 쓰는 자료나 문구류는 책상 위에
꺼내 놓는다

2

자주 쓰는 필기구는 책상 위, 오른손(왼손
잡이는 왼손)으로 쉽게 집을 수 있는 곳에
놓고, 필기구는 심을 아래쪽으로 하여 '세
워놓는' 것이 원칙이다

3

전화는 왼손으로 받고, 오른손으로 메모
(왼손잡이는 반대)하며, 전화기 옆에 는 항상
메모지와 볼펜을 준비해 둔다

4

시계는 잘 보이는 곳에 둔다

03 일하기 편한 환경을 만들자

컴퓨터의 위치에 대해서도 연구하자

요즈음에는 한 사람당 컴퓨터 한 대가 당연시됨으로 컴퓨터의 위치에 대하여 생각해 보고자 하는데, 하루 종일 컴퓨터 앞에서 일하는 사람이 아니면 정면이 아닌 좌측이나 우측으로 배치할 것을 권한다.

최근에는 컴퓨터 모니터도 장소를 덜 차지하는 액정식을 싸게 구입할 수 있으므로 **사용할 때만 컴퓨터 쪽을 향하고 그 외에는 책상에 똑바로 앉아 일할 수 있도록** 하고, 책상 정면에는 오늘의 업무 리스트나 일정표를 붙여놓고 항상 이 표를 볼 것을 권한다.

컴퓨터를 능숙하게 사용할 수 있다면 자리에 앉은 채로 하지 못하는 일이 없을 것이다. 하지만 너무 컴퓨터 화면에만 집중해서 오늘 해야 할 일이나 중요한 일을 뒤로 미루는 경우도 있다.

더욱 위험한 것은 컴퓨터로 하는 일 이외의 작업은 하기 싫어지는 것인데, 이메일에 익숙해지면 전화조차도 귀찮아진다. 그래서 **옆자리 사람에게도 사내 메일을 보내는 식이 되어서는 제대로 된 커뮤니케이션이 어려워질 것**이다. 따라서 컴퓨터에 빠지지 않도록 책상 배치를 고려해 주었으면 한다.

휴지통은 '정리의 필수품'

물건 정리는 '이런 것까지 해야 하나?' 라는 느낌이 들 정도로 해야 한다. 예를 들면 앞서 설명한 바와 같이 펜은 심을 아래쪽을 향하게 꽂아야 쉽게 꺼내 쓸 수 있고 정리도 쉽게 할 수 있는데, 이것만으로도 일하는 데 있어 쓸데없는 움직임이 조금 줄어들 것이다.

또 **휴지통은 책상 아래 발 언저리에 두는 것이 기본**이지만, '미니 휴지통' 을 책상 위에 하나 놓아두는 것도 괜찮다.

책상에서 일을 하다 보면 묶었던 서류를 풀었을 때 나오는 스테이플러 침이나 지우개 찌꺼기 같은 작은 쓰레기들이 생기는데, 이들 쓰레기를 버릴 수 있도록 **미니 휴지통을 미리 책상 위나 서랍 안에 넣어두면** 작업을 원활하게 할 수 있다.

나는 필름 통이나 면봉을 넣었던 투명한 케이스를 사용하고 있는

데, 빈 명함 케이스를 활용해도 좋을 것이다.

또 '정리 정돈의 순서'를 보이는 곳에 붙여둔다. 일하는 데 필요한 비품이나 문구류, 서류를 어디에 넣어둘 것인지를 정한 다음 잘 알아볼 수 있도록 표시해 두는 것도 좋다.

책상에 둘 물건과 두지 않을 물건을 구분한다

책상에 둘 물건과 두지 않을 물건 구분은 일하기 편한 환경을 만드는 데 있어 중요한 사항이나 이는 일의 내용에 따라 상당한 차이가 있다.

예를 들면 테이프 커터는 항상 테이프를 쓰는 일을 하는 사람 이외에는 별로 필요가 없으므로 이러한 물건은 **서랍 안에 자리를 마련하여 그곳에 '수납'** 하도록 하며, 연필깎이, 넘버링 등도 마찬가지이다.

또 캐비닛 등에 보관하는 경우에도 가능하면 안이 들여다보이는 투명한 케이스를 사용하고, 파일에 철해둘 경우에도 파일의 등 부분에 정확하게 제목을 써 놓는 것이 원칙이다.

책상 위에 둘 물건과 두지 않을 물건을 구분한다

항상 쓰는 것	필기구, 포스트잇, 스테이플러, 메모지 등	책상 위
가끔 쓰는 것	테이프 커터, 넘버링, 연필깎이 등	서랍 안에 자리를 마련한다
거의 쓰지 않는 것	과거 자료 등	캐비닛, 책상 하단 서랍

책상 위에 미니 휴지통을 놔두고 스테이플러 침이나 지우개 찌꺼기 등을 넣으면 편리하다

캐비닛이나 서랍 정리는 물건을 놓아둘 자리를 마련하는 것

책상 위에 있어야 할 필수품은 '현재 쓰는 것' 으로, 그렇지 않은 것은 반드시 서랍이나 캐비닛에 넣도록 한다. 그런 의미에서 서랍의 활용 방법도 중요한 의미를 갖는데, 이에 대한 자세한 내용은 68쪽에서 설명하도록 하겠다.

그러나 이 또한 기본은 찾기 쉽게 하는 것이다. 그렇다면 서랍 안에 칸막이를 만들거나 앞서 나온 테이프 커터 같은 **물건을 놓아둘 위치를 정해 두는 것**이 중요하다. 서랍 속이 서류나 편지들로 엉망인 사람들이 있는데, 이런 사람들은 대체로 물건을 넣을 서랍만 정해 놓고, 서랍 안의 어느 위치에 둘 것인지를 정해 놓지 않았기 때문이다.

예를 들면 필기구와 같이 자주 쓰는 문구 보조품은 가장 위 서랍에 넣아두기로 했다고 하자. 그러나 이 서랍 안에는 도장이나 청구서, 영수증 등이 어지럽게 들어 있다면 일을 제대로 할 수가 없다.

서랍 속에 칸막이를 하기 위해서는 깊이가 얕은 서랍인 경우에는 문구점이나 잡화점에서 **'서랍 정리용 트레이'** 를 팔고 있으니 이를 활용하고, 서랍의 깊이가 깊은 책상인 경우에는 박스 파일을 활용한다.(76쪽 참조)

책상 위에는 '현재 쓰는 물건'을 놓아둔다

책상 위에 놓을 것은 '현재 쓰는 물건'

그렇지 않은 물건은 서랍이나 캐비닛에 넣는다

서랍 안에 넣을 때는 서랍의 어느 위치에
어떤 물건을 넣을 것인가를 정해 두자

깊이가 얕은 서랍에는 서류 정리용 트레이를,
깊이가 깊은 서랍에는 박스 파일을 이용한다

CHAPTER_2

04 필기구 정리 방법과 책상 주변의 소도구들

나의 필기구 정리 방법

나는 평소 다양한 필기구를 사용한다. 서랍 속에 넣어둔 필기구를 찾는데 늘 시간이 걸린다는 사람들이 많은데, 그런 경우의 정리 방법에 대해 살펴보겠다.

우선 앞에서도 설명했듯이, 항상 쓰는 필기구는 서랍 속에 넣지 않는다. 어떻게 하면 쓰기 편하게 정리할 수 있을까. 높이가 다른 연필꽂이(가능하면 투명한 것이 좋다)를 준비하고, 언제든 쉽게 꺼내 쓸 수 있도록 글씨를 쓰는 손 쪽에 놓아 두는 것이 좋다.

① 가장 높은(12~14cm) 연필꽂이에는 자나 장목비(꿩의 꽁지깃이나 장목수수의 이삭을 묶어 만든 비), 붓펜 등을 넣는다.

② 중간 높이(8~10cm)의 연필꽂이에는 항상 쓰는 볼펜이나 연필

높이가 다른 투명한 연필꽂이를 이용하자

높이 12~14cm
자나 장목비 등을 넣어둔다
높이 8~10cm
항상 쓰는 볼펜이나 연필을,
꺼내 바로 쓸 수 있도록
아래쪽을 향하게 넣어둔다
높이 5~6cm
스테이플러 침이나 클립,
고무 밴드 등을 넣어둔다

을 꺼내면 바로 쓸 수 있도록 아래쪽을 향하도록 넣어두고, 연필꽂이 바닥에는 휴지 2~3장을 꾸깃꾸깃 뭉쳐서 넣어두면 연필심도 부러지지 않고 볼펜 잉크가 새도 다른 필기구를 더럽히는 일이 없다.

③ 그리고 마지막으로 5~6cm 높이의 네모난 케이스 안에는 스테이플러 침이나 클립, 고무 밴드 등을 넘치지 않을 정도로 넣어둔다.

필기구를 버리는 시기는?

볼펜이나 연필, 사인펜 등의 필기구는 비즈니스에 없어서는 안 될 물건들이며, 설사 컴퓨터를 통해 여러 가지 일을 처리한다 하더라도, 메모를 하거나 서류를 작성하거나 택배 전표나 편지봉투에 수신인을 쓸 때는 역시 손으로 써야 한다.

나는 이런 필기구가 조금이라도 쓰기 불편해지면 바로 버린다. 왜냐하면 연해졌다 진해졌다 하거나 잉크가 새는 볼펜을 계속 쓰면 오히려 스트레스가 쌓이기 때문이다.

지우개도 쪼개져서 조그맣게 된 것을 쓰는 사람이 있는데, 이 또한 바람직하다고는 할 수 없다. 나이가 들어 느긋하게 시조라도 한 수 읊는 상황이라면 물건을 소중히 여기는 정신도 필요하지만, 비즈니스를 하는 데는 그보다도 **스피드와 효율성**이 우선되어야 할 것이다.

또한 마음에 드는 필기구는 여분으로 몇 개 확보해 둘 것을 권한다. **애용하는 문구일수록 떨어졌을 때의 스트레스는 큰 법**이다.

바로 쓰는 서류는 책상 위에 세워둔다

서류 정리에 대해서는 나중(128쪽 참조)에 다루겠지만, 여기서는 일단 간단하게 설명해 두기로 한다.

기본적으로 서류도 '현재 쓰는 것과 그렇지 않은 것' 으로 구분하는 것이 원칙이다.

책상 위가 현재 진행중인 서류들로 엉망이라면, 우선 그 서류들을 서류 정리용 상자나 북엔드(bookend:책이 넘어지지 않게 책 양쪽에 세우는 버팀대)를 이용하여 세워서 정리하고, 자료 두께가 얇을 경우에는 클리어 폴더에 넣어 찾기 쉽도록 라벨을 붙이고 제목을 적어둔다.

클리어 파일의 색깔로 구분하는 방법도 있는데, **파일은 전부 흰색이나 투명한 색으로 하고 라벨을 붙여두는 것**이 보기에도 깔끔하고 찾기도 쉽다. 긴급한 서류는 붉은색으로, 보류된 서류는 노란색으로 구분하는 것도 좋다.

부피가 큰 서류는 주름이 있는 봉투나 박스 모양의 파일에 넣어둔다. 나는 잡화점에서 파는 두께 3cm 정도의 박스 모양의 파일을 애용하는데, 단행본 4권이 들어가는 크기이다.(85쪽 참조)

가장 자주 쓰면서도 분실하기 쉬운 서류는 현재 진행중인 서류가 아니라 보류된 서류이다. 이 서류는 **'미처리'** 파일을 만들어 그곳에 임시 보관해 두는데, 이렇게 함으로써 일종의 안도감을 갖는다.

'그 서류가 어디 갔지?'

아무리 생각해도 생각이 나지 않을 때 '미처리' 파일을 찾아보면 반드시 찾는 서류가 그곳에 있도록 해두는 것이다.

물론 이 **미처리 파일은 정기적으로 점검하지 않으면 그 일을 아예 잊어버릴 수도 있으므로 주의**할 필요가 있다. 또 아무 서류나 모두 미처리 파일에 넣으면 머지않아 보류 업무(자료)만 잔뜩 늘어나 이 또한 수습하기 어려워진다.

미처리 파일은 어디까지나 '임시 보관 장소' 이므로 앞서 설명한 클리어 파일 등을 활용하여 분류, 정리해 두지 않으면 자료는 점점 늘어난다.

예를 들면 신문 기사를 스크랩하는 경우에도 '경제' 나 '금융 · 세금', '신간 정보' 등과 같은 식으로 어느 정도 분류 박스(또는 파일)를 만들지 않으면, '어디에 넣어두면 좋을지 알 수 없기 때문에 일단은 미처리 파일에 넣어두자' 는 식이 된다.

정리를 하는 데 있어 '일단은' 이라는 말은 중요하지만, 이 **'일단은' 이라는 말이 너무 많은 것은 금물**이다.

'미처리' 파일을 잘 활용한다

하다 만 일(서류)이나 바로 처리할 수 없는 자료 등은
'미처리 파일' (보류 파일)에 넣어둔다

이 미처리 파일을 정기적으로 점검하여
몇 개의 파일로 분류해 나간다.
바로 이 '점검' 이 포인트!

05 책상 위에 작은 책장을 만들어 정리하는 방법도 있다

정리가 서투른 사람이 갑자기 정리를 잘할 수 있다?!

이 방법은 책상을 단순한 작업 공간으로 삼을 것이 아니라 비즈니스를 하기 위한 정보 기지, 전투기의 조종석과 같이 만든다는 것인데, 이는 내가 근무하던 회사에서 사용했던 방법을 개량한 것으로, 책상 위에 직접 만든 선반을 설치하여 정리하는 방법이다.

그럼, 여기서 구체적으로 설명하기로 한다.

책상 위에 폭 80~120cm, **높이** 50cm **정도의 선반을 설치**한다. ㄷ자를 돌려 놓은 모양의 작은 책장이 완성되는데, 이렇게 해도 책상 위의 공간은 달라지지 않는다. 선반 밑에는 자주 쓰는 문구류나 메모장 등을 놓고, 선반 위에는 현재 진행중인 일에 관련된 서류 등을 세워둔다.

사실 이런 철제 선반은 유명 가구 메이커에서 이미 판매하고 있으며, 선반 부분에 형광등이 달려 있는 제품도 있다.

자기 마음대로 비품을 회사 내에 반입하는 것이 금지되어 있는 회사원에게는 무리겠지만, 그래도 머리를 짜내면 이 방법을 활용할 수 있는 아이디어는 분명히 있을 것이다.

이렇게 디자인 된 책상에 앉으면, 마치 동굴 속에서 일하는 기분이 들어 일에 집중할 수 있는데, 이런 책상에 앉아 일하는 나를 보고 동료들은 '동굴파' 라고 했다.

책상 앞에 코르크 판을 설치한다

책상 앞에 있는 책장은 정리를 잘하면 필요 없지만, 책상 양 옆으로 서류들이 산더미처럼 쌓여 이러지도 저러지도 못하는 사람이 정리를 해 보려고 할 때는 이런 방법으로 시작하면 된다.

무엇보다 **책상 위에 아무것도 없으므로 작업하기에 쾌적**하고, 일하는 데 필요한 자료나 서류, 사전이나 노트 등도 손을 조금만 뻗으면 꺼낼 수 있다.

아니면 책상 앞에 가능하면 시선 높이 정도의 **코르크 판**을 설치하는데, 이 코르크 판이 바로 정보의 핀업(pin-up:핀으로 벽에 꽂아두는 미인 사진) 판이 된다. 전언 메모를 어디에 둘지 고민하는 사람들 책상에 설치해 놓으면 즉각 효과를 볼 수 있을 것이다.

코르크 판 높이는 회사마다 책상 배치 상황이 다르기 때문에 일률적으로 말할 수는 없지만, 파일철 높이(40~50cm) 정도라면 문제없을 것이다.

코르크 판은 전언 메모를 아무 데나 두지 않기 위한 잠정적인 정리 방법이기도 하며, 책상을 최대한 활용하기 위한 방법이기도 하다.

컴퓨터를 쓰지 않을 때에는 책상을 넓게 활용하기 위하여 키보드를 컴퓨터 모니터 밑으로 집어넣는데, 그러기 위해서는 나지막한 전용 선반이 필요하며, 이런 제품은 통신판매회사의 컴퓨터 관련 비품 카탈로그에도 실려 있다. 키보드를 컴퓨터 모니터 밑에 세워놓을 수도 있으나 불안정하여 권하고 싶지 않다.

또 컴퓨터 본체도 배선을 연장하면 책상 밑에 둘 수 있는데, 기록매체(플로피디스크나 CD-R)를 자주 꺼내거나 집어넣지 않는 사람들은 이렇게 함으로써 책상 위를 보다 넓게 활용할 수 있다. 다만, 컴퓨터를 발로 차지 않도록 주의해야 한다.

책상 위에 책장을 만들어 정리한다

이 선반과 유사한 제품을 유명 가구 메이커에서 이미 시판하고 있다

06 책상 서랍은 어떻게 정리할까?

서랍 안을 정리하는 원칙은?

책상 위는 깨끗하게 정리되었지만 서랍 안이 엉망이라면 아무런 의미가 없다. 여러분의 서랍 안에는 명함이나 편지, 전표, 문구류, 서류나 기획서 등이 질서정연하게 정리되어 있을까요?

책상 서랍을 정리하는 원칙은 다음 5가지이다.

① 물건을 놓을 위치를 정한다.

② 여유 있게 수납 · 정리한다.

③ 자주 사용하는 물건은 앞쪽에, 그렇지 않은 물건은 안쪽에 넣어둔다.

④ 가능한 한 칸막이를 한다.

⑤ 정기적으로 서랍 안을 점검한다.

책상 서랍 정리의 5원칙

물건 놓을 위치를 정한다

여유 있게 수납 · 정리한다

자주 사용하는 물건은 앞쪽에,
그렇지 않은 물건은 뒤쪽에 넣어둔다

가능한 한 칸막이를 한다

정기적으로 서랍 안을 점검한다

우선 서랍 안에 있는 물건들을 전부 끄집어낸다

서랍 안을 잘 살펴보자. 어떤 물건들이 있는지 그 종류와 수량을 확인한다. 그리고 가장 중요한 것은, 어느 물건을 가장 자주 쓰는지, 쓰지 않는 것은 어느 것인지를 체크하는 것이다.

가능하면 **간단하게 종이에 메모**해 둔다.

서랍 안에는 몇 년 동안 보지 못한 서류나 못 쓰는 볼펜들, 쓸데없는 메모들이 의외로 많이 있을 것이다. 이런 것들은 물론 바로 폐기 처분하지만, 쓸 수 있는 것들도 '자주 쓰는 것인지', '이따금 쓰는 것인지' 구분해야 한다. 그리고 이런 물건들을 일단 전부 밖으로 끄집어낸다.

이때 **가능하면 책상 위에서 분류 작업**을 하는데, 서랍에 담긴 상태에서 하면 제대로 정리가 되지 않는다. 제대로 정리하기 위해서는 자기 앞에 놓고 하는 것이 기본이다.

서랍 안이 엉망이어서 어떻게 손을 댈 수 없을 때

다음과 같은 방법과 순서로 정리할 수도 있다.

① A4나 B4 크기의 결재함을 10개 정도 준비한다. 결재함이 없으면 같은 크기의 주름 잡힌 봉투라도 상관없다.

② 책상 위나 서랍 안의 물건을 모두 대략적으로 구분하여 결재함에 꺼내 놓는다.

③ 필요 없는 물건은 즉시 휴지통에 버린다.

④ 어떻게 할까 망설여지는 물건은 일단 종이봉투에 넣고, 버릴 것인가 말 것인가 '?'를 써 붙여둔다. 그리고 반년이 지나도 쓰는 물건이 없다면 그대로 버리면 된다.

⑤ 다시 한 번 상자 속의 내용물이 필요한 것인지, 불필요한 것인지를 판단하여 가능하면 물건을 최소한으로 줄인다.

⑥ 이번에는 그 물건들을 서랍 안에 되돌려놓는다.

서랍 안은 자주 쓰는 물건을 앞쪽에서부터 정리해 나가는데, 꺼내는 빈도가 높은 물건을 자기에게 가까운 곳(앞쪽)에 넣어두는 것이 포인트이다.

모든 물건을 집어넣었으면 일단 서랍을 닫은 다음 다시 서랍을 열어 물건을 쉽게 꺼낼 수 있는지 시험해 본다. 이 상태에서 1~2주 동안 써보고 불편하다고 느낀 점은 반드시 메모하여 다음 기회에 정리 방법이나 배치를 수정하면 된다.

책상 서랍 정리 계획서는 눈에 보이는 곳에 붙여둔다

정리할 때 정리 계획서는 항상 보이는 곳에 붙여둔다.

가능하면 **리스트에 체크해 가면서 작업**을 하고, 예정된 시간이 되면 작업을 끝낸다.

처음부터 완벽하게 되지 않아도 괜찮으며, 아쉬워도 상관없다. 그러나 성취감을 느끼기 위해서는 자신이 한 작업을 떠올리고 체크 리스트를 보면서 다음에는 어떻게 할 것인지 생각해 보도록 한다.

서랍별로 어떤 물건을 넣을 것인가?

책상에 따라서 다르겠지만, 서랍은 대개 다음과 같이 나뉜다.

〈상단 가운데 서랍〉

배꼽 부분에 위치한 깊이가 얕은 서랍인데, 이 서랍은 몸을 움직이지 않으면 열 수 없으며, 너무 얕고 넓어 좀 쓰기가 불편하다. 제대로 칸막이를 해두지 않으면 넣어둔 물건들이 엉망이 된다.

여기에는 종이나 긴 자, 영수증이나 청구서 등을 넣는다. 거듭 말하지만 서랍 면적이 넓으므로 어느 정도 칸막이를 해두어야 하며, 잡화점이나 문구점에서 이런 서랍 용도의 정리 트레이를 팔고 있다.

〈상단 얕은 서랍〉

우측 또는 좌측 상단에 있는 얕은 서랍은 필기구(펜이나 자), 스테이플러, 포스트잇 함, 클립, 도장, 수정액, 풀, 미니 휴지통 등 사용 빈도가 가장 높은 물건을 넣어둔다. 또 매일 쓰는 펜 등은 책상 위 연필꽂이에 꽂아두고, 서랍 안에는 **'자주 쓰지만 매일 쓸 정도는**

상단 서랍 정리

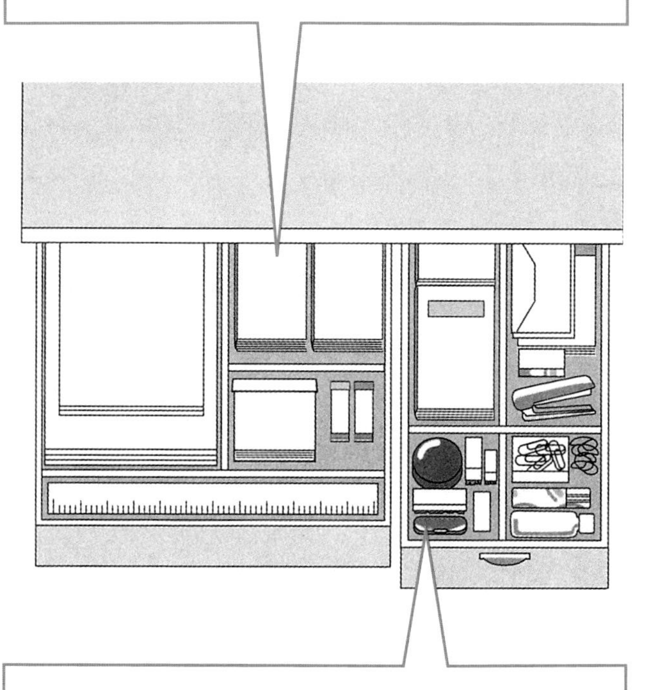
넓은 종이, 긴 자, 영수증이나 청구서 등을 넣는다
면적이 넓으므로 어느 정도 칸막이를 해두어야 하며,
문구점 등에서 이런 서랍 용도의 정리 트레이를 팔고 있다
스테이플러 침이나 클립, 도장, 풀 등
'자주 쓰지만 매일 계속 쓰지는 않는' 물건을 넣는다
여기도 어느 정도 칸막이를 하는 것이 포인트

아닌' 문구류를 넣어둔다.

요컨대 자주 쓰는 물건은 어쨌든 책상 위에 꺼내 놓으며, 일단 정리해 놓고 별로 쓰지 않는 것은 다시 서랍 안으로 집어넣는다.

원칙적으로 서랍 앞쪽에 사용빈도가 높은 물건을 놓고, 또 쓰기 편하게 하기 위하여 앞서 예를 든 물건들은 적당히 소분류 해두지 않으면 찾아 쓸 때 시간이 걸린다.

시중에서 판매하고 있는 칸막이 정리 박스를 쓰지 않더라도, 명함 케이스나 과자 박스 등을 활용해도 되며, 요즈음에는 문구점이나 잡화점에서 여러모로 활용할 수 있는 상품을 팔고 있으므로 찾아보도록 하자.

〈중간 서랍〉

비교적 사용빈도가 적은 물건이나 깊이가 얕은 서랍에는 집어넣기 어려운 물건을 넣는다. 하지만 넣어두고 잊어버리지 않도록 항상 내용물이 잘 보이도록 해두어야 한다. 뚜껑이 달린 박스 등에 넣어두면 시간이 지나면 그 속에 무엇이 들어 있는지 잊어버릴 우려도 있다.

이 서랍에 넣는 물건은 계산기나 테이프 커터, 사전, 엽서나 편지 등이며, 여기서도 자주 쓰는 물건은 앞쪽에 놓는 것이 원칙이다.

중간 서랍 정리

뒤쪽에는 오래된 엽서나 사용빈도가
낮은 자료 등

엽서, 편지,
백업 디스켓 등

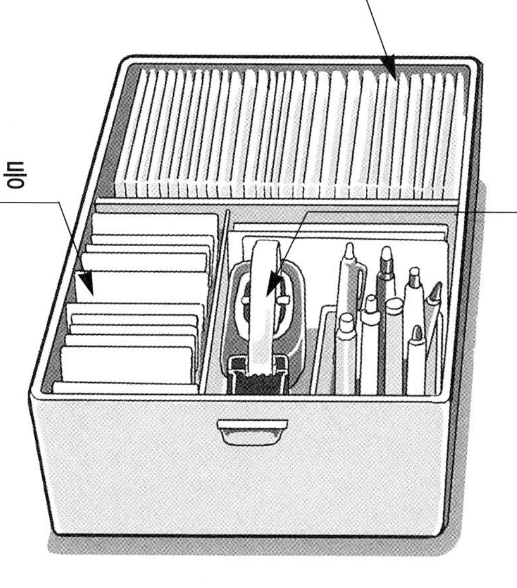

테이프 커터 등

과자 박스 등으로 칸막이를 한다
위에서 보일 수 있도록 뚜껑은
덮지 않는다

깊이가 얕은 서랍에는 집어넣기 어려운 물건을,
항상 잘 보이도록 해서 넣어둔다

〈하단 서랍〉

서류나 자료를 넣어두는 서랍으로, 여기에는 A4 **사이즈의 서류나 파일을 세워서** 넣을 수 있으며, 수용능력은 책상의 깊이에 따라 다르지만 40~60cm 정도이다.

이곳에는 A4 사이즈의 파일을 넣는 박스가 5~6개 들어감으로 이를 잘 활용하자.

왜냐하면 박스에 넣지 않고 파일을 그대로 집어넣으면 시간이 흐름에 따라 변형되기 때문이다.

또한 서랍 전체를 걸개 폴더로 칸을 막는 방법도 있다.

파일철에는 서랍을 열어 위에서 볼 수 있도록 반드시 라벨에 이름을 붙여두는데, 파일 정리 방법에 대해서는 128쪽을 참조하기 바란다.

또 업무 스타일에 따라 다를 수도 있지만, 노트북 컴퓨터나 카메라 등도 이 서랍에 넣어두면 책상 주변이 깨끗해진다.

하단 서랍 정리

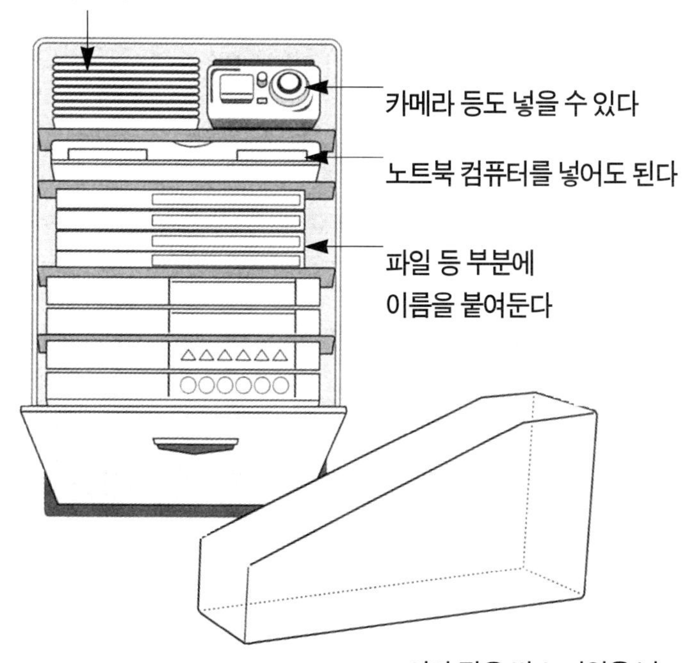
오래된 자료
카메라 등도 넣을 수 있다
노트북 컴퓨터를 넣어도 된다
파일 등 부분에
이름을 붙여둔다
이와 같은 박스 파일을 넣고,
여기에 A4 사이즈의
자료나 파일들을 넣어둔다

Point

전체를 걸개 폴더로 칸을 막는 방법도 있다

07 편리한 도구를 자꾸 활용한다

책이나 자료는 반드시 세로로 세워놓는다

정리할 때는 다양한 도구를 잘 활용하는 것이 포인트이다.

여기서는 도구를 활용한 정리 방법에 대해 요약해 보겠다.

현재 자기 책상이나 주변이 너무 정리가 되지 않아 어떻게 해 볼 엄두가 나지 않는 사람은 이 중에서 한 가지 방법을 택하여 바로 착수했으면 한다.

정리를 위해 연구된 다양한 용품이나 **정리용 아이디어 상품** 중에는 편리한 도구들이 많은데, 이 도구들을 쓰면 된다.

거듭 설명하지만 파일이나 책은 반드시 세워서 보관해야 한다. 책상 위나 책꽂이에도 **책이나 파일은 반드시 세워두어야 한다.** 책이나 파일, 자료를 옆으로 눕혀 쌓아두기 시작하면 그건 곧 위험신호라고 생각하라. 따라서 그것이 수납할 공간이 없기 때문인지, 책이나 자료의 양이 너무 많기 때문인지, 수납 방법이 잘못 됐기 때문인지 잘 생각해 보아야 한다.

어쨌거나 이때 필요한 것이 바로 북엔드이며, 책상 위에 놓을 수 있는 선반을 활용해도 괜찮다.(64쪽 참조)

책이나 파일의 정리 방법에 대해서는 제3장에서 자세히 설명함으로 그 부분을 참조하기 바란다.

자를 가지고 다닌다

도구를 구입하기 위해서는 항상 자기 책상의 사이즈와 구입하는 물건의 크기를 체크할 필요가 있다. 그래서 자기 책상 주요 부분의 치수를 수첩에 메모해 두면 도움이 되고, 또 항상 자를 가지고 다니기를 권한다.

그렇다고 해서 커다란 자를 가지고 다닐 필요는 없다. 나는 잡화점 등에서 무료로 얻을 수 있는 빳빳한 종이로 된 자를 항상 지갑에 넣고 다니며 맘에 드는 물건이 있으면 이 자를 이용해 바로 사이즈를 재 본다.

물론 대부분의 제품에는 '가로, 세로, 높이' 규격이 표시되어 있지만, 때로는 그러한 규격이 표시되어 있지 않은 제품도 있기 때문이다.

전표나 영수증 정리 방법

정리를 척척 해 나가기 전에 중요한 전표나 출장중에 받아두었던 구겨진 영수증을 그대로 방치해 두면 나중에 고생하게 된다. 이러한 전표류는 크기는 작은데 비해 결산 때나 입출금할 때 상당히 중요하게 쓰이는 자료이다.

계산대 옆에 '전표꽂이'를 마련해 둔 점포가 있는데, 그것과 비슷한 도구를 책상 한쪽에 준비해 두고 외출했다 돌아와서는 전표나 영수증 등은 일단 여기에 꽂아두어 어딘가로 섞이지 않도록 한다. 그리고 못에 꽂아 보관할 때는 숫자나 상호명이 찢기지 않도록 아무 글씨도 쓰여 있지 않은 여백 부분에 꽂도록 한다.

어쨌든 영수증은 회계 처리할 때 중요한 자료이므로 '전표꽂이'가 아니라도 월별로 종이봉투나 비닐봉지에 넣어두어도 괜찮을 것이다.

자질구레한 소품 정리는 지퍼가 달린 비닐봉지에

책상 위에는 도구나 사무용품 등과 같은 '소품'들이 많은데, 이러한 소품들은 자신도 모르는 사이에 자꾸만 쌓여 간다. 그런데 이런 소품들을 방치해 두면 막상 필요한 물건은 꺼낼 수 없는 상태가 되어, 매번 잡동사니 속에서 펜을 찾아 헤매는 쓸데없는 작업을 되풀이하게 된다.

'소품'을 깔끔하게 정리한다

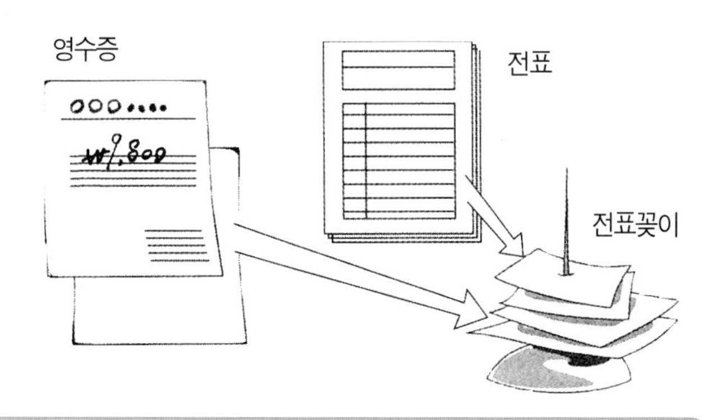

지퍼가 달린 비닐봉지가 편리하다

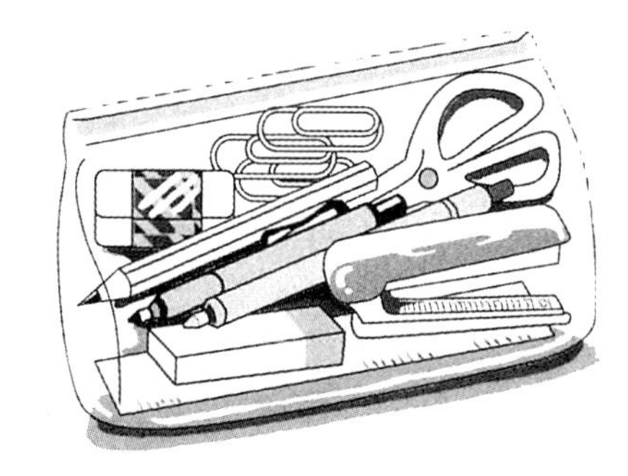

'스테이플러, 포스트잇, 클립, 필기구 등의 소품'을 깔끔하게 정리해 둔다

외출할 때는 그 봉지를 그대로 가지고 가면 된다

그렇게 되기 전에 미리 그런 자질구레한 물건(손바닥 위에 올려놓을 수 있는 물건), 별로 쓰지 않는 열쇠나 만년필 잉크, 클립이나 스테이플러 침 등은 지퍼가 달린 주머니에 넣어두는 사람들이 있다. 문구류를 자주 사용하는 사람은 책상 위에 펜꽂이를 놔두면 되지만, 그리 자주 쓰지 않는 사람은 비닐봉지도 괜찮을 것이다.

이 방법의 최대 장점은 **외출할 때 봉지를 그대로 가지고 가면 된다**는 점이다.

주방용품을 활용하자

주방의 서랍 안에는 젓가락이나 스푼을 구분하여 넣을 수 있도록 칸막이 박스가 달려 있는데, 이 정리 박스나 냉장고 등에 넣는 정리용 도구(상품명·지퍼락=냉동고용 봉지 등)에는 업무를 보는 데 활용하면 편리한 것들이 꽤 있다.

투명한 케이스 등은 건전지나 디스켓, CD-R 등 컴퓨터의 기록매체나 디지털 카메라의 메모리칩 등을 분류하여 정리하기에 아주 적합한 물건이므로, 슈퍼마켓에서 찾아보기 바란다. 물론 잡화점이나 할인매장에서도 구할 수있다.

단, 제품을 구입할 때는 정리하고자 하는 샘플을 가지고 가서 용기에 잘 들어가는지 알아보고 나서 사야 한다.

'미니 휴지통' 을 놓아둔다

미니 휴지통에 대해서는 53쪽에서도 잠시 설명하였다.

책상 위에서 작업을 하다 보면 서류를 묶었던 스테이플러를 풀었을 때 나오는 침이나 지우개 찌꺼기 같은 자잘한 쓰레기가 많이 나오는데, 그런 자잘한 쓰레기를 분류하여 버릴 수 있도록 미니 휴지통을 책상 위에 놓거나 서랍 안에 넣어두면 작업을 훨씬 원활하게 할 수 있다.

나는 **필름 통이나 면봉의 투명 케이스**를 활용하고 있다.

클리어 파일로 정리한다

투명한 비닐 케이스(클리어 파일)는 자료나 메모지를 넣기만 해도 간이 파일이 된다. 하지만 이 정리 방법은 파일철에 넣기 훨씬 전의 작업이라고 봐야 하며, **클리어 파일로 모든 정리가 끝났다고 생각해서는 안 된다.**

여하튼 서류의 '임시 정리' 를 우선 클리어 파일을 이용해서 해두는 것이다.

서류나 자료의 정리는 **제3장** '정보의 정리' 에서 자세하게 설명함으로, 그 부분을 참조하기 바란다. 다만, 주의해야 할 점은 사이즈를 통일해야 하는데, 파일 사이즈가 여러 가지면 보기에도 좋지 않고 정리도 제대로 할 수 없다.

투명 케이스(박스, 휴대 케이스, 봉지, 백)의 활용

서류를 세워두어야 한다는 내용에 대해서는 78쪽에서도 설명했는데, 그 안에 들어 있는 내용물이 보여 꺼내거나 열어보지 않아도 무엇이 들어 있는지 알 수 있는 케이스(박스)로 정리하면 분류 정리가 비교적 쉽다.

두께 3cm 정도의 것에서부터 10cm 정도의 것까지 다양한데, 자료가 많은 사람은 관련 서적들도 이 박스에 함께 넣어두고, **'OO프로젝트 관련 자료'** 라고 이름을 붙여둔다.

나는 두께 3cm 정도의 것을 애용하고 있는데, 출장을 갈 때는 박스째 들고 가면 되므로 꽤나 편리한 도구이다. 또 프로젝트에 대한 자료가 늘어난다 해도 얼마든지 넣을 수 있음으로 편리하다.

두툼한 투명 케이스를 활용한다

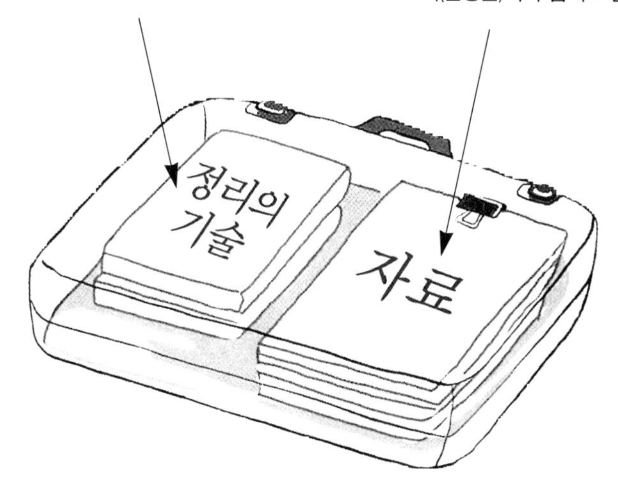
내용물이 보인다
책(단행본)이나 잡지도 들어간다
정리의 기술
자료

두께 3cm에서 10cm 정도까지
종류가 다양하며, 잡화점 등에서 팔고 있다

Point

프로젝트별로 넣어두고, 출장갈 때나 회의할 때는 케이스째 가지고 간다

08 쌓여가는 명함을 어떻게 정리할 것인가?

명함을 그저 주고받기만 해서는 아무런 의미가 없다

일본은 '명함 대국'이라고 불릴 정도로 학생들까지도 명함을 가지고 다닌다. 그렇기 때문에 명함을 효과적으로 활용하기 위해서는 명함을 잘 정리해 두는 게 필수적이다.

꽤 오래 전에 받았던 명함을 정리하다 보면, 명함 속의 사람 인상과 대화 내용들이 생각날 때도 있고 전혀 생각이 나지 않을 때도 있다. 명함은 그저 주고받기만 해서는 아무런 의미가 없다. 명함을 보고 그 사람 얼굴이 떠오르지 않는다면 명함으로서의 의미가 없다.

명함을 효과적으로 활용하기 위한 한 가지 방법은 **명함을 주고받을 때 그 사람의 특징을 명함에 메모해 두는 것**인데, 이 방법은 별로 특별한 것도 아니고 요즘 많은 비즈니스맨들이 사용하고 있는 방법이다. 여기서 강조하고자 하는 것은 '그 명함에 어떤 내용을 어떤 방법으로 메모할 것인가' 이다.

보통은 **①만난 날짜, ②장소, 그 사람의 눈에 띄는 특징(안경이라든지, 체형…) 등을 메모한다.** 그러나 명함을 주고받는 자리에서 바로 명함에 이런 것들을 써 넣는 것은 상대방에게 실례가 되고, 또 나중에 써 넣으려면 주고받은 명함이 많을 경우에는 어느 게 누구 것인지 알 수 없게 되는 경우도 있다. 그래도 명함을 받으면 가능한 한 빨리 그 사람의 특징 등을 간단하게 메모해 두어야 한다.

나는 사무실에 돌아오면 그 날 받은 명함에 날짜를 적고(스탬프를 이용), **중요하다 싶은 사람은 우측 상단에 붉은색으로 표시**해 두는데, 이와 비슷한 방법을 쓰는 사람도 적지 않을 것이다.

나중에 얼굴이 생각나도록 특징을 적어두자

최근에는 명함에 자신의 얼굴 사진을 인쇄해 넣는 영업사원들도 많은데, 영업사원이 아니라도 자신의 명함은 무언가 특색 있게 만들었으면 한다. 어디서나 흔히 볼 수 있는 명함을 건네서는 상대방이 나중에 나의 얼굴을 기억해 내지 못한다.

하여튼 명함에 기록하는 메모는 **상대방이 어떤 사람이었는지 생각나게 해 주는 것이 중요한 포인트**이므로, 얼굴의 특징이나 패션, 몸동작의 특별한 버릇 등을 간단하게 적어두는 것도 효과적이다. 또 상대방이 인기 탤런트를 닮았으면 그 탤런트의 이름을 적어두는 것도 좋다.

명함에 아무런 메모도 해두지 않으면 나중에 그 명함을 다시 보더라도 상대방이 좀처럼 생각나지 않으며, 얼굴은 고사하고 어디서 만났는지조차도 생각나지 않는 경우도 있는데, 이래서는 명함을 주고받는 아무런 의미도 없게 된다.

어떤 키워드라도 상관없으며, 얼굴 모습을 그려놓아도 괜찮다. 또 만난 날짜뿐만 아니라 **소개해 준 사람이나 동석했던 사람의 이름을 함께 적어놓으면** 그 당시의 분위기가 쉽게 떠올라 효과적이다.

명함 정리의 순서

어쨌든 명함은 어떤 의미에서 대단히 중요한 **인맥 데이터베이스**가 된다. 그렇기 때문에 이 명함들을 정리·활용하는 것은 대단히 의미 있는 일이다.

만난 날짜 등을 적어놓은 명함을 그저 막연하게 명함철에 끼워넣으면 중요한 사람의 전화번호 등을 찾을 때 꽤 번거로우므로 다음과 같은 정리 방법을 이용해 보자.

① 앞으로 자주 연락을 취할 만한 사람의 명함은 별도의 소형 명함철에 넣어둔다.

② 앞으로 별로 접촉할 기회가 없을 듯한 사람의 명함은 큼지막한 명함철에 넣어둔다.

명함 정리의 순서는?

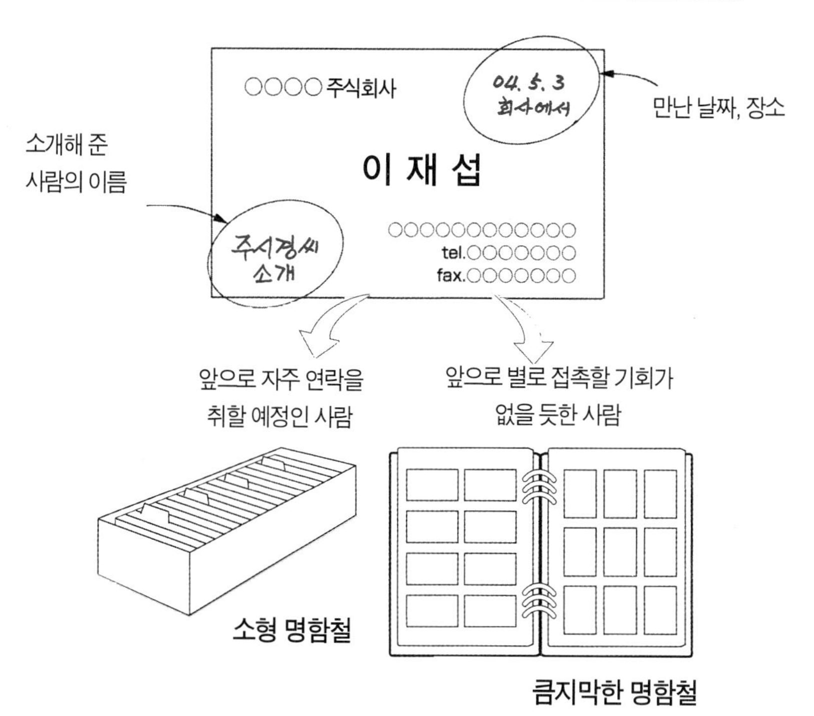

Point

아니면, 받은 명함을 A4 용지에 복사(10명 정도 들어감) 해서 철해 두면, 부피가 커지지 않고 보관할 수 있으며, 중요한 사람의 명함만(고작해야 1백~2백 명) 따로 소형 명함철에 넣어두는데, 이것이 바로 중요한 '연락대장' 인 것이다

아니면, 받은 명함을 A4 용지에 복사를 하고(명함 10장 정도를 한 번에 할 수 있음) **복사한 명함들은 '복사 완료 명함철'로서 서랍에 넣어두면 된다.** 또 복사한 용지는 바인더 파일에 보관해 두고, 주소 등을 알고 싶을 때는 이 파일을 찾아보면 된다.

이렇게 하면 부피가 커지지 않고 보관할 수 있게 된다.

또한 한 회사에서 여러 사람과 명함을 주고받는 경우도 흔히 있는데, 이럴 때는 대화창구가 될 만한 사람의 명함만을 소형 명함철에 넣어두고 연락할 때 이용하면 되고, 그 밖의 사람들 것은 대형 명함철에 보관해 둔다.

평소 자주 연락을 취하는 상대방은 특수한 직종이 아니라면 1백 명에서 2백 명 정도인데, 이 '주요 인맥'이 들어 있는 명함철(또는 명함 케이스)이 이른바 '연락대장'이 되고, 대형 명함철(또는 복사본)에 보관한 명함들이 데이터베이스가 되는 것이다.

무리하게 '분류'하려고 해서는 안 된다

정리해야겠다는 생각이 들면 '강습회에서 만난 사람', '거래처', '출입하는 업자' 같은 식으로 명함을 분류하려고 하는데, 이런 방법은 권하고 싶지 않다. 왜냐 하면 이런 식으로 분류하다 보면 머지않아 **분류가 너무 세분화되어 명함철만 잔뜩 늘어나기 때문**이다.

어떻게든 명함을 분류하고 싶은 사람은 3~4가지 정도로 분류하는 것이 좋을 것이다.

참고로 내가 아는 편집장은 다음과 같은 식으로 명함을 정리하고 있다.

① 우선 명함을 받으면 날짜 등을 적고 일단 명함 케이스에 넣어 둔다.

② 명함 케이스에는 철자 순이 아니라 만난 순서대로 넣는데, 이곳이 임시 보관 장소인 것이다.

③ 한 달에 한 번 정도 이 명함 케이스를 체크해서 '저자 관계', '동업자, 디자이너, 일러스트레이터', '강습회에서 만난 사람' 등으로 분류하여 3종류의 명함철에 보관하는데,이때 필요 없을 것 같은 명함은 과감하게 버린다.

④ 단 자주 연락을 취하는 사람은 명함 케이스의 가장 앞쪽에 넣어두는데, 이것은 말하자면 '전화번호부' 대용인 셈이다.

명함 정리의 기본은 우선 시간 순서로 철하고, 별로 중요하지 않은 명함은 과감하게 버리는 수밖에 달리 방법이 없다.

명함에는 사람 이름이 적혀 있어 쉽사리 버리기 어렵지만, 명함철이나 명함 케이스에 명함이 가득 들어 있으면 명함은 더 이상 데이터베이스의 역할을 하지 못한다. **유능한 비즈니스맨일수록 명함 수를 자랑하지 않는 법**이다.

CHAPTER_2

09 시각적으로 보기 좋지 않으면 능률도 오르지 않는다

'색깔을 통일시킨다'는 말의 의미

깨끗하게 정리된 사무실이나 책상을 보면 기분부터 좋아지지만, 반대로 어지럽게 널려 있는 책상을 보면 '이래서 일을 제대로 할 수 있을까?' 하는 생각이 들게 마련이다.

본인은 아무렇지도 않게 생각하지만, 주위 사람들은 이런 모습을 별로 좋아하지 않는다. 그래도 일하는 데 문제가 없으면 다행이지만, 다른 사람들이 이렇게 어지럽혀진 책상을 보면 좋지 않은 느낌을 받게 되고, 그것만으로도 그 책상의 주인은 주위 사람들에게 마이너스 이미지를 주게 된다.

서론은 이 정도로 하고 본론으로 들어가기로 하자.

클리어 파일은 여러 종류의 색깔이 있는데, 꼼꼼한 사람들은 이런 다양한 색상의 파일을 여러 종류 사용하여 보류중인 서류는 노란색 파일, 진행중인 서류는 붉은색 파일 식으로 세분하기도 한다. 그러나 결론부터 말하자면 **파일의 색 분류는 3가지 정도**로 하는 것이 가장 서류를 찾기 쉽다.

통상적인 파일은 투명한 것이면 되고, 현재 진행중인 긴급한 서류 파일은 붉은색, 보류중인 서류 파일은 파란색이나 노란색으로 분류하면 된다. 자세한 사항은 **제3장**의 '정보의 정리'에서도 다루므로 여기서는 간단하게 설명해 두는데, 모든 파일이 투명해서 안에 무슨 서류가 들어 있는지 구분할 수 없는 사람은 파일 위 앞쪽에 스티커를 붙여두면 된다.

'봉투 파일'이라도 상관없다. 이는 봉투에 아무 서류나 집어넣고 앞쪽에 그 내용을 적어 찾기 쉽게 하는 방식인데, '야마네(山根)식'이라고 하기도 한다.(134쪽 참조)

사무실 색조를 통일시킨다

파일뿐만 아니라 사무실의 전체적인 색을 통일시키는 것도 의외로 중요한데, 검은색 책상이나 하얀색 책상이 제각각으로 놓여 있어서는 통일성이 없으며, 차분하게 일할 수도 없으므로 어느 정도 색을 통일시키는 것이 좋다고 생각한다. 왜냐하면 그렇게 색상만 통일시켜도 정리된 느낌을 주기 때문이다.

그래서 사무실에서 쓰는 도구류의 색상에 관해 주의해야 할 사항을 간단하게 정리해 보겠다.

- 색조를 통일시킨다.
- 색을 통일시킨다.
- 많은 색상을 쓰지 않는다.(최대 3가지 색을 기본으로 한다.)

이 정도는 기본적인 룰로서 이해하고 시작한다.

원래 색상을 다채롭게 하기 위해서는 나름대로의 기술이 필요하다. 꽃처럼 **천연색은 복잡하게 섞여 있어도 어지럽지 않다.** 동물의 색 또한 아무리 다채로워도 각각의 색상이 방해되지 않고 서로 조화를 이룬다.

자기 마음에 드는 색으로 통일시켜 책상 주변을 정리하고 싶은 사람은 먼저 **동물원에 가서 동물들의 색상을 연구해 보기 바란다.**

이것은 미술대학에서 시행하고 있는 교육 과정이며 디자이너들의 노하우이다.

사무실 색조를 통일시킨다

- 색조를 통일시킨다
- 색을 통일시킨다
- 많은 색상을 쓰지 않는다

시각적으로 보기 좋고 차분한 이미지로 구성하지 않으면 일이 잘 진척되지 않는다

10 정리와 분류를 하기 위한 도구에 대해 알아둔다

소품들은 세분화해서 넣어둔다

물건을 정리(분류)하기 위해서는 가구점이나 잡화점 등에 있는 플라스틱제 서랍이 좋다. 무거운 물건들은 철제 케이스에 넣어두면 좋으나, 비즈니스를 하면서 쓰는 도구들을 정리하는 데는 그렇게 무겁고 튼튼한 것은 필요 없다. 요즘에는 구조가 견실하고 열고 닫기가 부드러우며 가벼운 제품들이 많이 나와 있다.

통신판매에서도 디자인이 멋있고 기능이 뛰어난 제품들이 많은데, 바쁜 사람들은 일단 통신판매 카탈로그에서 마음에 드는 물건을 하나 골라 시험삼아 사서 써 보고 괜찮으면 세트로 구입해 써 본다.

나는 문구류는 쓰는 정도에 맞추어 세분해 두는데, 책상 서랍 안에는 소품 상자를 이용하여 사인펜이나 연필, 지우개, 칼, 가위, 스테이플러, 클립, 풀, 테이프, 라벨, 고무 밴드, 건전지 등과 같은 물건들을 모두 자그마한 상자에 넣어 정리하고 있다.

마음에 드는 필기구는 반드시 서랍 안에 여분을 준비해 두는 것이 좋은데, 이는 자기가 늘 쓰던 필기구가 눈에 띄지 않아 스트레스를 받지 않도록 하기 위해서이다.

컨테이너 박스를 이용해서 책상 속을 비워 정리한다

서랍 안에 무엇이 들어 있는지 알 수 없을 정도인 사람이 책상 정리를 시작하는 길은 바로 이 방법인데, 잡화점이나 슈퍼마켓에서 파이버 박스라는 튼튼한 케이스를 팔고 있다. 일단 자료나 오래된 사진, 명함 뭉치, 플로피디스크나 쓰다 만 문구류 등은 모두 이 박스안에 담는데, 한시적인 '임시 창고'와 같은 역할을 하는 것이다.

그런 다음 물건들을 한 박스씩 중간 분류하여 넣고, 다음에는 소분류를 하는 식으로 단계적으로 정리해 나가는데, 절대로 물건들을 이 박스 안에 넣어두고 그대로 방치해서는 안 된다.

컬러 박스(서류함)로 정리 코너를 만든다

비품을 구입하여 설치할 수 있는 사람은 정리 코너를 만들도록 권하고 싶다. 그러기 위해서는 컬러 박스를 활용하면 좋은데, 이 박스를 책상 옆에 놓아두고 거기에 물건들을 대충 분류하여 넣는다. 그러나 이 박스 또한 어디까지나 **'임시 보관 장소'**이다. 컬러 박스를 책상 옆에 놔두면 이곳이 그대로 물품 보관 창고처럼 되어버리는 사람이 있는데, 이래서는 안 된다. 이 박스는 어디까지나 책상 정리를 위한 일시적인 '물품의 이사' 라고 이해하자.

컬러 박스를 활용하는 건 좋은데, 서류를 집어넣고 방치하지 않도록 하기 위해 컬러 박스 선반의 한 단씩만이라도 정기적으로 정리해 나가야 한다.

책상 밑이나 벽을 이용한다

책상 밑(안쪽)이나 옆쪽(바깥쪽)에 투명한 비닐봉지의 정리 도구나 케이스를 자석으로 붙여놓으면 효과적으로 사용할 수 있는데, 이러한 제품은 흔히 잡화점 등에서 '냉장고 옆에 붙여놓는 케이스' 로 팔고 있다.

우리 집 서재 벽에는 코르크 판이 걸려 있고, 이곳에는 스케줄이나 메모 등이 붙어 있다. 또한 선반에는 84쪽에서 설명한 박스 파일이 여러 개 놓여 있는데, 이러한 파일에는 필요한 물건들이 고루 갖추어져 있어 외출할 때는 이 박스 파일만 들고 가면 충분하게 되어 있다.

또 거듭 얘기하지만 정리란 버리는 것이기도 하다. 그렇다면 간단한 휴지통을 마련하는 것은 대단히 의미 있는 일이다. 책상 안쪽에 비닐봉지를 자석 고리로 걸어놓으면 쓰레기를 봉지째 버릴 수 있는

책상 밑이나 벽도 이용한다

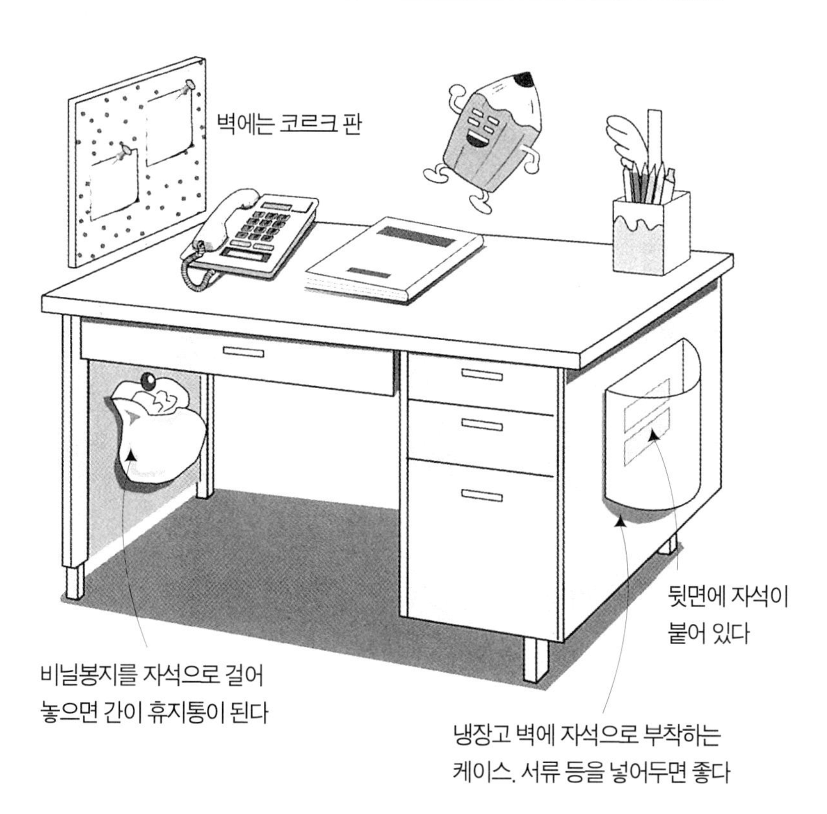
벽에는 코르크 판
뒷면에 자석이
붙어 있다
비닐봉지를 자석으로 걸어
놓으면 간이 휴지통이 된다
냉장고 벽에 자석으로 부착하는
케이스. 서류 등을 넣어두면 좋다

Point

내 서재의 벽에는 85쪽에서 설명한 박스 파일이 테마별, 프로젝트별로 놓여 있다

간이 휴지통이 되는 것이다.

도구 휴대 박스

도구 등을 정리·파일·분류하는 경우에는 도구에 가장 알맞은 크기의 휴대 박스를 미리 2~3개 준비하여 분류하면서 박스에 담는 게 좋다. 이 박스들도 **'공구함' 같은 형태로 잡화점에서 팔고 있다.**

이렇게 하면 도구나 물품의 파일 분류 정리가 거의 같이 끝나는데, 도구를 자주 쓰는 사람들이나 **컴퓨터 배선용 코드 정리, CD 정리 등에 안성맞춤**이다.

걸개식 파일용 캐비닛

궁극적인 정리와 파일링은 역시 걸개식 폴더이다. 정보 정리가 필수적인 사람은 일단 이 캐비닛을 한 대 사서 집에서 써 보도록 한다. A4 **파일철이 쏙 들어가는 걸개 폴더를 설치할 수 있는** B4 **사이즈용 캐비닛**을 권한다.

귀사 후 정리 정돈이란?

외근에서 돌아와 우선 해야 할 일은 가방 정리이다.

①계약서나 납품서 사본 등의 서류를 정리하여 클리어 폴더에 분류하여 책상 위에 세워놓는다.

궁극적인 정리와 파일은 '걸개 폴더'

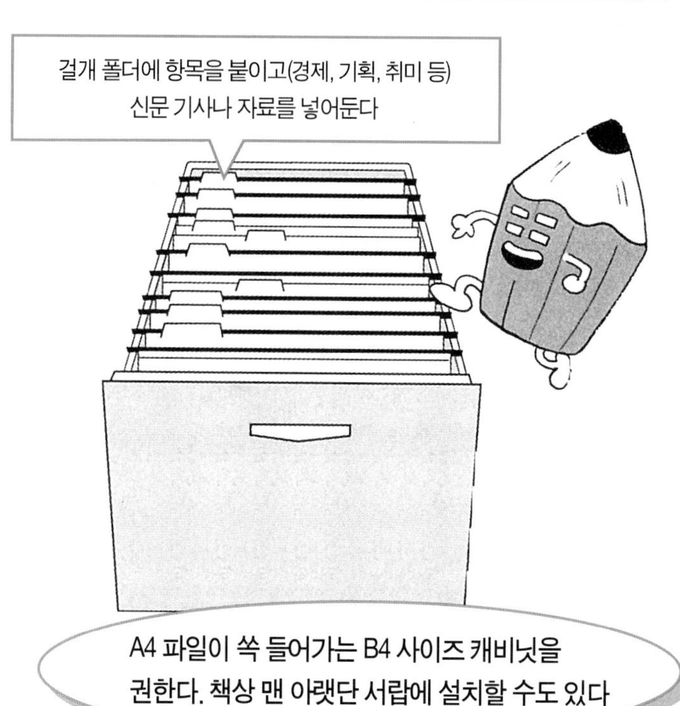

걸개 폴더에 항목을 붙이고(경제, 기획, 취미 등)
신문 기사나 자료를 넣어둔다
A4 파일이 쏙 들어가는 B4 사이즈 캐비닛을
권한다. 책상 맨 아랫단 서랍에 설치할 수도 있다

반드시 파일링을 해야 하는 사람은 우선 캐비닛을 하나 사서 집이나 회사에서 사용해 본다

②방문했던 곳에서 받은 명함을 명함철에 정리(이동하는 시간 중에 날짜와 소개해 준 사람의 이름 등을 메모해 둔다)한다.

③외출에서 돌아오면 예정 사항이나 변경된 스케줄을 달력이나 일정표에 적는다.

귀사 후의 정리는 가능한 한 자리에 앉지 말고 선 채로 해야 한다. 한번 자리에 앉으면 몸이 늘어져 정리하는 것을 뒤로 미루기 쉽고, 외근 나갔을 때의 집중력도 사라져 메모를 빠뜨렸던 사항이나 '이렇게 해 보자!' 하던 패기도 순식간에 사라져버리기 때문이다.

귀사 후 ①~③항의 정리를 마친 후에는 서류 작업에 들어가기 전에 화장실에 가서 기분 전환할 것을 권한다. 외근을 나가면 신경이 집중되고 사람들 속에 파묻혀 있기 때문에 쉬이 피로해진다. 설사 일이 순조롭게 풀렸다 하더라도 스트레스는 오래 지속되므로 뇌 자체가 계속 긴장하고 있기 때문이다.

그래서 서류 작업에 들어가기 전에 뇌와 신체의 스위치를 바꾸어 놓을 필요가 있다. 땀이 났으면 화장실에서 땀을 닦는 것도 괜찮고, 세수를 하여 열기를 식혀도 기분 전환이 될 것이다.

그야말로 재충전을 하는 시간이다.

귀사 후에 하는 정리 정돈은?

외근에서 돌아오면
우선 가방 정리부터!

① 계약서나 납품서 사본 등의 정리

② 방문했던 곳에서 받은 명함을 명함철에 정리

③ 외출했던 곳에서 돌아와 예정 사항이나 변경된 스케줄을 일정표나 수첩, 달력에 적는다

귀사 후의 정리는 가능한 한 자리에 앉지 말고 선 채로 한다. 한번 자리에 앉으면 몸이 늘어져 해야 할 정리를 뒤로 미루게 된다

11 편지나 엽서, 팩스 문서 등의 정리

엽서나 편지는 모아두지 않는다

받은 편지나 엽서를 어떻게 처리할까 고민하는 사람들이 많다.

강습회나 파티 초대장 같은 것들은 행사가 끝나면 부담 없이 버릴 수 있어서 좋다. 하지만 비지니스맨들은 업무상 인사장이나 사례 편지 같은 우편물을 많이 받게 되는데 이런 것만큼 귀찮고 처치곤란한 것들도 없다. 대개는 어떻게 처리해야 좋을지 몰라 서랍이나 상자 안에 몇 달씩 넣어둔 채로 방치해 두게 된다.

그럼, 이러한 것들을 어떻게 하면 될까?

먼저 여기저기 박혀 있는 편지나 엽서들을 일단 책상 위에 꺼내 놓는다. 그 중에는 연하장도 있을 터인데, 연하장은 기본적으로 3년 정도 지나면 버리도록 한다.

그러나 정성 들여 만든 멋진 연하장이나 추억에 남는 연하장은 가

엽서나 편지는 모아두지 않는다

서랍 속에 쌓여 있는
엽서나 편지들

일단 모두 책상 위에 꺼내 놓는다

- 기한이 지난 통지류 엽서는 버린다
- 연하장은 3년이 지나면 버린다

멋진 연하장이나 추억에 남는 연하장은
엽서 폴더에 파일해 둔다

능하면 한데 모아 파일해 두도록 한다. **버리는 것만이 능사는 아니다.**

그 밖의 것들 중 버려도 괜찮은 것은 휴지통에 버리고, 버려서는 안 되는 것들은 봉투나 클리어 파일이라도 괜찮으므로 폴더를 따로 만들어 그곳에 넣어둔다. 폴더 이름은 '통신류 보관용' 이라고 하면 된다.

가장 좋은 것은 사진첩 형태로 된 엽서 폴더이다. 엽서들은 봉투에 한꺼번에 넣어두는 것보다 엽서 폴더에 하나씩 정리하는 것이 간편하고 나중에 들춰 보기에도 편리하다.

이렇게 해서 서랍 속에 쌓여 있던 엽서 정리가 끝나면 '이제부터 오는 편지나 엽서는 어떻게 해야 할 것인지' 정해 두어야 한다.

우편물 정리는 이렇게 한다

기본적으로 받은 편지나 엽서는 책상 위에 방치해 놓지 말고 가능한 한 즉시 처리하도록 한다. 바쁠 때는 자칫 받은 편지를 책상 위에 획 던져놓기 쉬운데, 이래서는 지금까지 한 정리가 도로아미타불이 되고 만다.

나는 다음과 같은 기준으로 편지를 처리하고 있다. 참고하기 바란다.

① 편지나 엽서를 받으면 바로 '받은 날짜' 를 적어놓는다

봉투 편지인 경우에는 개봉하여 편지지 우측 상단이나 좌측 상단에 받은 날짜를 적고, 특별하지 않은 한(즉, 기념 봉투 등) 봉투는 버린다. 또 봉투에 적혀 있는 주소가 필요할 때는 오려내어 편지지에 붙여둔다.

② **편지를 읽고 키워드에 표시를 해둔다**

필요한 부분에 형광펜 등으로 표시를 해두고, 중요한 사항은 수첩이나 노트에 적어두며, 별로 필요하지 않다고 생각되면 그 즉시 버린다. 답장을 보낼 필요가 있는 경우에는 가능하면 빨리 답장을 보내며, 답장은 한 부 복사를 해둔다. 컴퓨터로 작성한 경우에는 복사본으로 한 부 더 출력해 두면 좋다.

이런 식으로 처리하여 답장 연월일을 적고 '완' 이라고 써 넣은 다음, 답장 내용의 복사본과 함께 클리어 폴더(어디까지나 이 폴더는 임시로 보관하는 파일임)에 2~3주일 동안 보관해 두었다가 '우편물 파일' 에 철해 둔다.

인사장이나 답례 편지는 어떻게 처리할 것인가?

비즈니스맨에게는 다양한 우편물이 날아드는데, 이것들을 어떻게 정리할 것인가 생각해 보자.

① 세미나나 거래처 파티 등의 참석 여부 안내

가능한 한 빨리 참석 여부를 결정하여 회신하고, 그 스케줄은 수첩에 적어둔다.

② 신상품 소개 등에 대한 DM

필요한 것은 파일에 넣어두고 필요하지 않은 것은 바로 버린다.

③ 인사장이나 답례 편지

읽고 난 후 마음에 남는 것은 파일에 넣어두고 형식적인 것은 바로 버린다.

④ 이전 통지

주소 부분을 오려내 명함철에 넣어두거나 주소록에 적고 나머지는 버린다.

⑤ 연하장

연하장 파일에 넣어 보관하고, 주소는 주소록에 옮겨 적는다. 대략 2~3년 지나면 버리는데, 마음에 남는 것은 별도 파일에 보관한다.

이와 같이 **기본은 '가능하면 즉시 처리하고 버린다'는 것**이다. 일단 받아두자는 식으로 책상 위에 놔두거나 하면 책상은 이내 엉망이 되어버린다.

인사장이나 답례 편지를 어떻게 정리할 것인가?

종류		처리 방법
세미나나 거래처 파티 등의 참석 여부 안내		가능한 한 빨리 참석 여부를 결정하여 회신하고, 그 스케줄을 수첩에 메모한 후 버린다
신상품 안내, DM		필요한 것은 파일에 넣어두고 필요 없는 것은 바로 버린다
인사장, 답례 편지		마음에 남는 것이나 소중한 것은 파일에 넣어두고, 형식적인 것은 버린다
이전 통지		주소 부분을 오려내 명함철에 넣어두거나 주소록에 적고 나머지는 버린다
연하장		연하장 파일에 넣어 보관한 다음 2~3년 지나면 버린다(마음에 남는 것은 파일한다)

기본은 '가능하면 즉시 처리하고 버리는' 것이다
'일단 놔두자' 는 식으로 하면 서랍 속은 엉망이 된다

팩스 처리는 어떻게 할 것인가?

최근에는 이메일이 팩스를 대신하게 되었다고는 하나 아직도 팩스는 외면하기 어려운 통신수단이다. 편지와 같이 딱딱하지도 않고 간편하며, 전화처럼 상대방의 업무를 방해하지도 않고, 또 상대방이 부재중일 때도 용건을 전달할 수가 있다.

그러나 받은 팩스 용지를 그대로 분실해 버리는 일은 없을까?

여러 장을 보내 왔을 때 스테이플러 등으로 확실하게 철해 두지 않아 중간 부분이 빠져버리는 경우도 있으므로 팩스도 편지나 엽서와 마찬가지로 다루어야 한다.

내가 팩스를 정리하는 순서는 지극히 간단하고 특별한 것도 없다. 기본적으로 편지나 엽서를 받았을 때와 같다.

① 받은 날짜를 적어둔다

팩스에는 상대방의 이름과 시간 등이 적혀 있지만, 좀더 분명하게 굵은 글씨의 볼펜으로 적어둔다.

② 내용을 읽고 확인한다

필요하다면 수첩이나 노트에 메모를 하고 버린다. 즉시 처리할 수 없는 내용이라면 일단 '보류 파일'에 넣어두고 나중에 반드시 다시 검토한다.

받은 팩스는 어떻게 정리할 것인가?

반드시 받은 날짜를 적어둔다
(볼펜으로)
OOOOO 03.12.13
FAX 송신장

내용을 읽어 확인하고 답장을 하는 등 처리한다
즉시 처리할 수 없는 것은
일단 '보류 파일' (미처리 파일)에 넣어둔다

Point

팩스를 보관할 때는 용지 사이즈를 통일하여 복사해 두는데, A4가 가장 적당하다

팩스는 다양한 사이즈로 송신되어 오며, 또 감열지인 경우에는 이내 변색해 버린다. 그래서 보관할 때는 가능한 한 용지 사이즈를 통일하여(A4가 가장 적당함) 복사해 두도록 한다.

참고로 신문의 스크랩도 마찬가지인데, 오려낸 기사는 그대로 클리어 파일에 넣지 말고 가능하면 A4 용지에 복사해 두고, 복사를 할수 없을 경우에는 A4 크기의 두툼한 종이에 붙여 보관하기를 권한다.

CHAPTER 3

정보의 정리 & 활용은 어떻게 할까?

넘쳐나는 정보, 신문이나 잡지, 텔레비전 등의 정보를

적확하게 처리하고 활용하기 위해서는 이렇게 정리하면 된다

01 넘쳐나는 정보 가운데 필요한 것만 얻고 싶다!

꼭 필요한 정보가 무엇인가를 파악한다

먼저 여러분의 정보 정리 능력에 대해 스스로에게 질문해 보자.

- 카탈로그가 잔뜩 쌓여 있다
- 하루 일정이 많아 스케줄이 어떻게 잡혀 있는지 알 수 없다
- 명함이 많이 쌓여서 언제 어디서 받은 것인지 알 수 없다
- 책상 위에 서류가 산더미처럼 쌓여 있다
- 서랍이 잘 열리지 않는다
- 자료 같은 것이 봉투 안에 담긴 채 발밑에 놓여 있다
- 플로피디스크나 CD-R, 문구류 등이 서랍 안에 어지럽게 섞여 들어 있다
- 가방 속에 여러 자료가 방치되어 있다

• 어떤 정보를 수집하면 좋은지 애당초 알지 못한다

여기에 해당되는 게 많으면 여러분의 정보 정리 능력은 뒤떨어져 있다고 할 수 있다.

그러나 나는 감히 묻고 싶다.

진정으로 **당신이 필요로 하는 정보**란 어떤 것인가?

정보화 사회가 되면 잡지나 신문, 인터넷 등으로부터 계속 정보가 쏟아져 들어온다. 정보화 사회를 사는 여러분으로서는 세상의 모든 움직임을 하나라도 빠뜨리면 큰일이라도 나는 듯, 필사적으로 정보를 수집하고 있을지도 모른다. 그러나 인간의 능력에는 한계가 있다. 모든 정보를 다 기억하기란 불가능하며, 원래 **한 사람의 인간으로서 '필요한 정보'는 지극히 한정**되어 있는 법이다.

문제는 어떤 정보가 진정 자신에게 필요한 것인지 알지 못한다는 것이다.

스스로 정보 선택을 위한 키워드를 만든다

자신에게 어떠한 정보가 필요한지를 알기 위해서는 **정보 선택을 위한 키워드**를 가져야 하지 않을까? 키워드라고 해서 특별히 거창한 것이 아니라 업무와 관련된 키워드나 자신에게 흥미 있는 일 등이다.

일반적인 비즈니스맨이라면 정보를 크게 다음 3가지로 분류할 수 있다.

① 업무와 직접 관련된 정보

② 일반적인 정보

③ 자신의 취미 영역에 관련된 정보

이러한 장르 구분을 염두에 두고 자신의 키워드를 만들어 나간다. 예를 들어 나의 경우는 업무와 관련된 '메모', '기획 · 플래닝', '이벤트', '세미나' 등이 있고, 취미에 관련된 것이라면 '스포츠', '자동차', '여행', '건강' 등과 같은 것이다.

이러한 키워드를 미리 정해 두고 그에 관련된 정보만을 선별하는 것이다. **키워드라는 '그물'을 쳐두면** 뭔가 걸려드는 법이다.

한편 따로따로 폴더를 만들어두고 6개월이나 일 년 정도 이 키워드에 관련된 정보를 수집해 간다. 이렇게 해서 모아진 정보는 자신만의 데이터베이스가 되는 것이다.

아무 정보나 마구 수집하지 않도록 한다

이미 설명했듯이, 정보라는 것은 자꾸만 늘어나므로 어떤 것을 정보로 삼을 것인지 정하지 않고 마구 수집해서는 정리가 따라주질 않는다.

정보 선택을 위한 키워드를 만든다

업무와 직접 관련된 정보

일반적인 정보

자신의 취미에 관한 정보

이러한 장르 구분을 염두에 두고
자신의 키워드를 만든다

나의 경우

업무 _ 메모, 기획 · 플래닝, 이벤트 등
상식 _ 경제, 주식, 금융, 정치 등
취미 _ 스포츠, 자동차, 여행, 건강 등

키워드에 걸린 정보만을
선별해서 파일한다

메모 | 스포츠 | 주식 | 여행

특히 열성적인 사람일수록 아무 정보나 모두 수집하려고 한다.

그래서 정보에 휘둘리지 않도록 하기 위해 정보 입수 방법에 대해 정리해 보았다.

아침 일찍 회사에서 보는 **신문은 서서 읽어야** 한다. 자리에 앉아서 신문 읽는 데 몰두하면 정보 속에 빠져들게 된다. 그리고 관심이 있는 부분만을 오려내 스크랩한다.

만약 신문이 회사 것이라면 복사를 하고, 개인 것이라면 읽다가 관심 있는 부분을 차례차례 잘라내고, 그 잘라낸 부분은 클리어 파일에 넣어 보관한다.

업무에 참고하기 위해 자기가 산 잡지는 읽고 나면 바로 해체한다. 필요한 부분만 뜯어내 **테마별로 최소한의 자료만을 파일에 보관**하고, 나머지는 그 자리에서 바로 버린다.

이 '테마'가 바로 키워드인데, 키워드를 생각함으로써 정보에 대한 센스도 향상시킬 수 있다.

인터넷도 최소한의 정보만을 출력한다. 인터넷으로 검색한 데이터는 아무 정보나 함부로 출력하지 않도록 한다.

책은 읽고 나면 표지와 목차만 복사해 두며, 공감하는 부분이나 업무 및 인생에 보탬이 될 만한 부분은 노트에 옮겨 적어두면 좋다.

정보 입수 방법

⊙ 아침 일찍 회사에서 보는 신문은 서서 읽는다

책상 위에 펼쳐놓고 서서 읽으면 신문 전체를 파악할 수 있다
자리에 앉아서 읽으면 일부분밖에 보이지 않는다

⊙ 잡지는 읽고 나면 필요한 부분을 바로 찢어낸다

테마별로 최소한의 자료만을 파일철에 보관한다

⊙ 책은 읽고 나면 표지와 목차만을 복사해 둔다

핵심적인 부분만 복사해 두고 나머지는 처분한다

요컨대 정보는 입수한 시점에 모두 처리해야 한다는 것을 명심한다

핵심적인 부분은 복사해두고 다른 부분들을 전철 안에서나 집에서 읽는다. 다 읽은 책은 헌책방에 내다 팔도록 한다.

취미에 관련된 잡지는 집에서 뜯어서 필요한 부분만 남기고 나머지는 버린다.

요컨대 **정보는 입수한 시점에 모두 처리**하는 것이 포인트이다. 금방 잡은 물고기를 싱싱할 때 배를 가르듯, 보탬이 될 만한 정보를 발견하면 즉시 정리 · 분류하여 파일하도록 한다.

처음부터 완벽하게 하려고 하지 않아도 된다

그러나 정보 정리뿐만 아니라 정리를 할 때는 처음부터 완벽하게 하려고 하지 말아야 한다. '파일철을 완벽하게 준비해 놓고…' 라거나 '모든 크기를 다 통일한 다음에…' 또는 '철저히 기준을 세워서…' 라고 생각하는 사이에 여러분의 책상과 서랍 안은 뒤죽박죽이 되어갈 것이다.

비즈니스맨은 업무 실적을 올리기 위해서 어떻게 하면 좋을지 항상 생각하고, 매일 여러 가지 잡무를 처리해 나가야 한다. 따라서 필기구나 자료는 필요할 때 바로 꺼낼 수 있어야 한다.

마찬가지로 정보도 필요할 때 쉽게 꺼내 쓸 수 있으면 우선은 됐다고 생각하자.

처음부터 완벽하게 하려고 하지 말아야 한다

처음부터 완벽하게
파일철을 준비해서…

철저하게 기준을 세워서…

뭐든지 크기를 통일해서…

이런 식으로 생각하는 사이에
책상 위는 엉망이 되어간다

Point

우선 필요한 정보를 바로 꺼낼 수 있으면,
나머지 세세한 부분은 일단 뒤로 미뤄도 괜찮다

02 정리하는 환경을 만든다

파일링 감각을 익힌다

파일링 하는 목적은 자신의 뇌를 머리 밖으로 옮겨놓기 위해서이다. 말하자면 뇌를 비우기 위한 것이다. 방 안에 어지럽게 널려 있는 물건들을 일정한 장소로 치워 공간을 확보하는 것과 마찬가지라고 생각하면 된다. 즉, 필요한 서류를 필요할 때만 꺼내 쓸 수 있도록 하는 것이다.

그러나 이것은 그다지 오래 가지 못한다. 정보 정리가 서투른 사람은 대체로 파일링을 잘하지 못한다.

그렇다면 어떻게 해야 할까. **정리나 파일링이 서툰 사람은 자신이 좋아하는 것부터 파일철을 만들어** 보라고 권하고 싶다. 무슨 일이든 자기가 싫으면 오래 가지 못하는 법이다. 따라서 자신이 흥미를 가지고 있는 분야로 시험삼아 파일링 해 보는 것이다. 취미인 자동차 관련 정보도 좋고, 이사를 앞두고 있다면 이사에 관련된 정보를 파일해 보아도 좋다.

정리를 시작하는 하나의 계기가 되는 것은, 자신이 아끼는 잡지나 신문 스크랩, 서류 등을 한 권의 파일로 만드는 것이다. 이 파일이 곧 자신의 정보 입수 방법이나 정리의 표준을 만들어주게 된다.

자신의 파일에 보관되어 있는 사진들을 보면서, 마음에 드는 연필꽂이를 사거나 집안의 의자를 바꿔도 좋다. 원하는 이미지에 맞는 환경으로 바꿔나가는 것이다.

현재의 자신을 바꿔나가기 위해서는 **환경 조성부터 시작하는 것**도 도움이 된다.

자신의 업무 방식을 바꾼다

그래서 먼저 권하고 싶은 것이 소위 말하는 '작업 리스트(TO DO 리스트, Don't Forget)' 라는 것이다.

간단한 메모조차 하지 못하는 사람은 대체로 정리를 하지 못한다. 정리를 하지 못하는 사람은 일이 바빠지면 치우지를 않으므로 책상위 또한 일의 절차나 순서 등이 제대로 정리되지 않는다. 즉, 마음의 정리가 되지 않는 것이다.

그런 사람이 해야 할 메모는 우선 자기가 해야 할 일을 적어서 보이는 곳에 붙여두는 것인데, 이렇게만 해도 문제가 커지기 전에 손을 쓸 수가 있다. 예를 들면 **'내일 해야 할 일'을 잠자리에 들기 전에 써둔다.** 눈에 잘 띄는 곳에 붙여두거나, 책상 위에 놔 두면 된다.

비즈니스나 일상생활이나 스케줄을 짜는 것이 중요하다. 시간을 컨트롤하는 것이 비즈니스맨으로 성공하는 첫걸음이라고 할 수 있다. 그리고 메모는 이를 가능케 하는 수단이기도 하다.

해야 할 일에 순번을 매기면 좋다

그리고 '작업(TO DO) 리스트'를 보다 완벽하게 하고 싶다면, 중요한 순서나 빨리 해야 할 순서로 번호를 붙여둔다. 그런 다음 작업이 끝나면 리스트에 체크하고, 가능하면 붉은색 펜으로 지워나가면 좋다. 또 '작업 리스트'의 항목은 상세할수록 좋다.

• 오전 중, 중앙기획에 전화

라고 적는 게 아니라,

• 오전 중, 중앙기획 마케팅부 M 씨에게 전화

• 오전 중, ABC사 O 씨에게 전화

• 오후 일찍, KK기획 J 씨에게 전화

와 같이 상세하게 적는다. 또 전화 업무 외에도,

• 오전 중에 컴퓨터로 OO 기획안 작성

• 컴퓨터 데이터에서 출력(3부)

• 오후 일찍 택배로 발송과 같이 작업별로 무슨 내용이든 상세하게 적어나가는 것이다.

작업(To Do) 리스트(Don't Forget)로 체크하자

Don't Forget

DATE　　　　CHECK

10/1 AM. 중앙기획 □
M씨에게 TEL □
ABC사 O씨에게 □
TEL □
컴퓨터로 △△기획서 □
3부 출력 □
⇩ □
PM. 택배로 발송 □

Point

항목은 상세할수록 좋다. 오늘 해야 할 일과 내일 해야 할 일을 적어두고, 완료되면 체크(지움)함으로써, 머릿속도 정리할 수 있으며 성취감도 얻을 수 있다

예전에 나는 아침에 출근할 때 전철 안에서 반드시 이 메모를 작성했다. 물론 오전 중에 상대방이 부재중이어서 통화하지 못하는 경우도 있었지만, 그런 경우에는 '후일 전화' 라고 메모해 둔다.

그리고 작업이 끝나면 그 항목을 펜으로 지워나가는데, 그럴 때는 뭐라고 표현할 수 없는 성취감을 느낄 수 있다.

어떤 **일을 완수한 성취감이라는 것은 마음을 풍족하게 해 주는 법**이다. 설사 그것이 'OO 에게 전화' 와 같이 사소한 일이라도 '좋아, 끝났어' 하고 지워나가면 '자, 하나 해냈어!' 하는 기분이 들 것이다.

자신을 지켜보기 위한 일기를 써 보자

이야기가 좀 빗나가는 것 같은데, 여러분은 일기를 쓰고 있는가?

상세한 내용의 일기가 아니라도 좋다. 잠자리에 들기 전에 한 줄이나 두 줄이라도 오늘 있었던 일을 적는 습관을 들이는 것만으로도 머릿속은 정리된다.

다가오는 시대에 프로다운 비즈니스맨으로 살아가기 위해서는 **자기 관리를 할 수 있어야 한다**는 것이 중요한 조건의 하나이며, 몸의 컨디션을 조절하는 것도 중요한 일이다. 그리고 자신의 마음과 정신상태를 건전한 상태로 유지하는 것이 중요한 테마로 떠오른다.

한 마디로 말하자면 '자기 객관화' 라고 할 수 있다. 들어간 회사나 부서의 '색깔' 이나 '분위기' 에 물들지 않고, 일반적인 시각과 소비자의 관점에서 사물을 이해하는 것이 앞으로 비즈니스맨에게는 무엇보다도 중요한 의미를 갖게 된다. 이러한 시각은 분명 무언가의 '깨달음' 으로 이어질 것이다.

그러기 위해서라도 '일기' 라는 형태를 통해 하루를 돌아본다는 것은 중요한 의미가 있다. 정 쓸 게 없으면, 그 날 조간신문 톱기사의 제목을 쓰기만 해도 좋다. 이렇게 일기를 계속 써 나가면 세상의 흐름이 눈에 보이게 된다. 생각하면서 머릿속을 정리하는 것도 중요한 일이다.

03 산더미 같은 서류나 자료를 정리하는 파일링의 기본이란?

우선 파일링 박스로 대충 정리한다

파일링을 구체적으로 영상화하기 위해 '파일 박스'를 활용한 예를 살펴보기로 하자. 색다른 방법은 아니지만, 처음 시작하는 방법으로서는 가장 간편하다.

① 파일 박스를 3~6개 준비하여 책상 하단의 커다란 서랍에 가로로 넣거나, 책상 위에 여유가 있다면 책상 위에 세로로 놓는다.

② 파일 박스는 미리 그룹지어 놓는데(그룹지어 놓는 것에 대해서는 다음 항에서 자세히 설명함), 그룹지어 놓을 때의 타이틀은 '긴급', '보류', '보관용' 등 대략적으로 구분해도 괜찮다.

③ 잡지나 신문의 정보를 일단 분류해서 클리어 파일에 넣어둔다.

④ 넣어둔 서류나 자료를 정기적(최소한 한 달에 한 번)으로 체크한다.

파일 박스를 활용한 파일링의 기본은?

❶ 파일 박스를 3~6개 준비하여 책상 하단의 깊은 서랍에 넣고, 책상 위에 여유가 있다면 세로로 놓는다

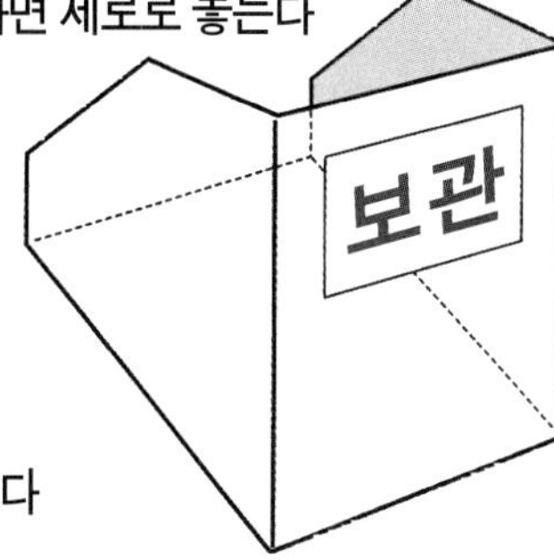

❷ 파일 박스는 미리 그룹지어 놓는다

❸ 신문 등의 정보를 일단 분류하여 클리어 파일에 넣은 다음 이 파일을 박스 파일에 넣어둔다

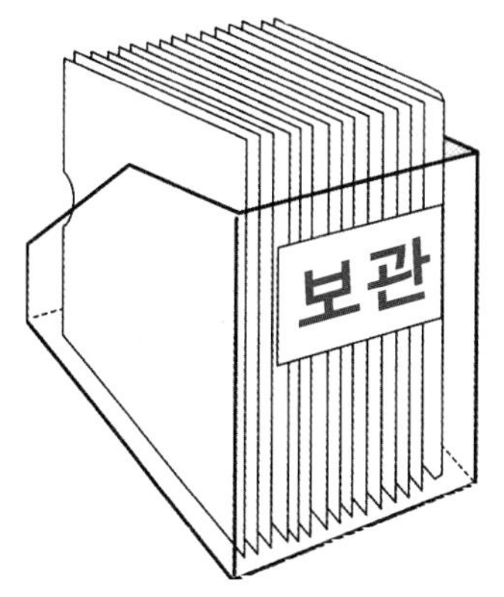

❹ 넣어둔 서류를 정기적으로 점검한다

이렇게만 해도 일단 서류를 정리할 수 있으며, 서류를 체크할 때 본격적인 보관 장소로 옮기면 된다. 다시 말해 **정리의 기본은 일단 정리한 것을 정기적으로 점검하는 것**이다.

처음부터 두 구멍 바인더 등을 대량으로 사서 파일을 시작한다 해도, 결국 그 작업에 시간과 힘만 쏟아붓고 제대로 활용하지도 못하게 된다. 이 박스 파일은 테마나 타이틀별로 관련된 자료나 파일철 등을 넣기만 하면 되는 간단한 것으로, 이를 완벽하게 지속할 수 있으면 다음 단계로 넘어가면 된다.

파일링의 기본은?

'당장 필요한' 정보를 '바로' 꺼낼 수 없어서는 정보라고 할 수 없다. 여기서 그걸 가능케 해주는 기본에 대해 알아두자.

❶ 필요한 정보와 버릴 정보를 구분한다

115쪽에서도 설명한 자기 나름대로의 키워드를 통해 필요성이나 유효성, 긴급성 등의 기준으로 선별해 나간다.(오른쪽 그림)

❷ 필요한 정보를 분류한다

선별하여 파일링 한 것만으로는 정보는 살아 있는 것이 아니다. 테마별로 분류하여 같은 곳에 철해둠으로써 비로소 '활용할 수 있는' 정보가 된다.

❸ 활용하기 쉽도록 분류한다

필요한 정보와 불필요한 정보를 구분하는 기준

바로 쓸 자료 (긴급성이 있는 것)		현재 진행중인 테마와 관계 있는 자료나 정보 등
사용 빈도가 높은 자료		고객 명부, 영업 데이터, 매출 데이터 등
장차 필요하게 될 자료		라이벌 회사의 데이터, 강습회 자료 등
희소성이 있는 자료		계약서 등

이와 같이 구분해 두면,
필요한 정보를 쉽게 꺼낼 수 있다

라벨이나 클리어 파일의 색상을 구분하여 '검색' 하기 쉽도록(꺼내기 쉽도록)분류하고, 서류의 사이즈를 통일하는 것이 기본이다.

어쨌든 지금 확보하고 있는 정보를 **'균일한 상태'** 로 하여 언제든지 바로 꺼낼 수 있는 파일로 철해 두는 것이 중요하다. 여기서 말하는 '균일한 상태' 란 ①사이즈를 통일시키고, ②색깔로 구분하며, ③정리하는 패턴을 통일하고, ④목적이 동일한 정보를 한 데 모으는 것을 말한다.

다양한 '그루핑(grouping)' 방법

수집한 정보를 찾아내기가 힘들어서는 정보로서의 의미가 없다. 찾고자 하는 정보에 쉽게 도달하기 위해서는 분류하여 능숙하게 그룹을 지어 놓을 필요가 있다.

하지만 이 분류 방법에는 정해진 형태가 있는 것은 아니다. 사람에 따라 전혀 다를 수도 있고, 정리 · 파일링에 관한 책을 보더라도 이에 대한 **다양한 방법**이 있음을 알 수 있다.

예를 들어, 방문영업을 하여 고객이 많은 영업사원과 관청 등 고정 고객을 확실하게 유지해야 하는 영업사원과는 애초부터 '고객리스트' 의 수가 다르고, 파일 분류 방법도 다르다. 이런 부분에 대해서는 **나름대로 연구**해 보라고 할 수밖에 없다.

여기서는 내 나름대로의 방법과 일반적인 방법 몇 가지를 예를 들어보기로 한다.

우선 정보에는 '날짜'를 적어두어야 하는데, 이는 기본 중의 기본이다. 팩스라면 수신일을, 신문이나 잡지라면 몇 월 몇 일의 자료인지를 붉은색 볼펜으로 적어둔다. 그런 다음 보관해야 할 서류나 자료를 동일한 목적 · 내용 등을 기준으로 분류해 나가는 것이다.

분류 방법에는 다음과 같은 몇 가지가 알려져 있는데, 이런 방법들을 참고하여 개인의 특성에 맞게 **복합적으로 활용하는 것이 가장 현실적인 방법**일 것이다. 그렇게 해가는 동안 편리한 자신만의 방법을 찾아낼 수 있을 것이다.

❶ 테마별로 분류

동일 프로젝트나 업무 내용에 관련된 자료를 하나로 정리한다. 이때 클리어 파일 등에는 다 들어가지 않으므로 박스 파일이나 주름 잡힌 파일 봉투, 잡화점 등에서 파는 두께 5cm 정도의 플라스틱 박스(단행본 4권이 들어감)를 이용한다.

❷ 시간 순으로 분류

서류나 자료를 발생한 순서로 분류하는 방법이다. 그러나 이 방법은 그다지 의미가 없다.

❸ 노구치(野口) 식 · 야마네(山根) 식

널리 알려진 '봉투식 파일' 방법인데, 이 두 가지 방식의 공통점은 자료를 '분류하지 않는다'는 것이다.

예를 들어 노구치 식은 서류를 봉투에 넣어 파일별로 이름을 붙여 시간 순으로 정리해 가는 것이다. 필요한 서류를 꺼냈으면 용무가 끝난 뒤 맨 오른쪽으로 되돌려놓는다. 서류를 꺼낼 때마다 이렇게 반복해 나가면 몇 달 동안 보지 않던 파일은 점점 왼쪽으로 밀려가게 된다. 그 시점에서 '폐기'를 고려한다.

그다지 알려져 있지 않지만, 도야마(富山) 현의 한 병원 의사가 시작한 '더블 인덱스 파일'도 이와 유사한데, 이 방법은 야마네식 같은 봉투 파일을 한 단계 발전시킨 것이다. 자신이 직접 만든 두꺼운 봉투에 분류를 위한 색인(인덱스)을 2개 써 넣는다.

이 책에 관련된 자료로 예를 든다면, 색인 하나에는 '정리의 기술'이라고 적고, 두 번째 색인에는 '북뱅크 출판사'라고 적는다. 그리고 봉투의 겉에는 북뱅크 출판사의 편집 담당자 명함 등을 복사하여 붙여두고, 책을 간행하기까지의 스케줄 등도 적어둔다.

내가 아는 편집자 I씨는 이 파일을 애용하는 사람이다. 이 파일의 특징은, 보통의 봉투 파일과 같은 얇은 봉투와 단행본 2권은 충분히 들어갈 수 있는 폭이 넓은 봉투의 두 종류가 있다는 것이다. 자료의

정보의 분류 방법이란?

❶ 테마별로 분류

동일 프로젝트나 업무에 관련된 자료를 하나로 정리하는데,
클리어 파일에는 다 들어가지 않으므로 박스 파일이나
주름 잡힌 파일 봉투가 좋다

❷ 시간 순으로 정리

자료를 발생한 순서대로 분류한다
그러나 그다지 현실적이지는 못하다

❸ 노구치식, 야마네식

서류를 굳이 분류하지 않고, 봉투에 넣어 시간순으로 정리해
나간다. 일단 필요한 서류를 꺼내면 맨 오른쪽에 되돌려놓는다
이렇게 계속 반복해 나가면 몇 달 동안 보지 않은 파일은 왼쪽
으로 밀려가게 되는데, 이 시점에서 폐기한다

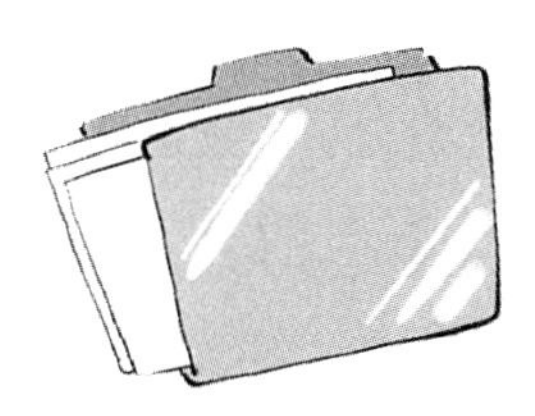

양에 따라 봉투를 구분해서 쓰면 좋을 것이다. 또한 색인이 옆과 바닥 쪽에 붙어 있으므로 가로로도 세로로도 놓을 수 있다.

무리한 정보 분류는 별 의미가 없다

여하튼 분류에 있어서의 기본은 단순한 것이 좋다는 것이다. 모든 서류를 하나의 기준으로 정리하려면 아무래도 무리가 따른다. 일단 넣어두는 **'임시 보관 파일'** 을 효과적으로 활용하거나, 서류를 분류할 때 반드시 생기는 '예외적인 것' 만을 넣어두는 '기타 파일' 을 활용하는 등 유연하게 연구해 주었으면 한다.

정보를 무리하게 분류하면 오히려 알아보기 어려워질 뿐이다. 분류 기준을 만들 때에도 반드시 예외가 생긴다는 사실을 미리 염두에 두는 편이 좋다. 무슨 일이든 그렇지만, 일단 '이렇게 하자' 고 결정하면 그 밖의 다른 것은 전혀 고려하지 않는 고지식함은 정리나 업무에서는 금물이다.

봉투식 더블 인덱스 파일

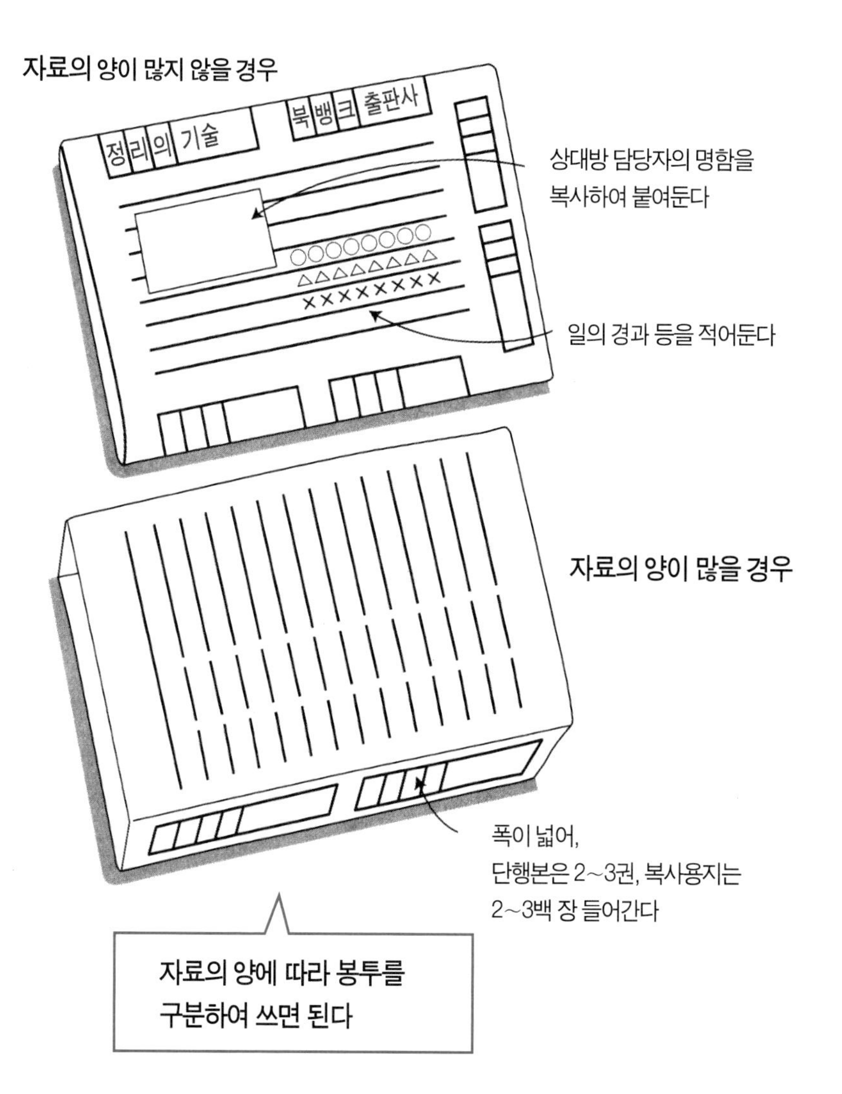

자료의 양이 많지 않을 경우
정리의 기술
북뱅크 출판사
상대방 담당자의 명함을
복사하여 붙여둔다
일의 경과 등을 적어둔다
자료의 양이 많을 경우
폭이 넓어,
단행본은 2~3권, 복사용지는
2~3백 장 들어간다
자료의 양에 따라 봉투를
구분하여 쓰면 된다

CHAPTER_3

04 문득 떠오른 아이디어를 재빨리 메모한다

메모장은 한 권으로 처리하는 것이 기본

회의 내용이나 순간 떠오른 아이디어, 고객과의 전화 통화에 관한 기록에서부터 스케줄까지, 이 모든 내용을 기억할 수 있는 사람(그런 사람은 존재하지 않겠지만)이 아니라면 비즈니스맨들은 이런 정보를 모두 메모해 두어야 한다.

이런 메모들을 정리하는 것이 곧 업무 정리 시간을 관리하고 머릿속을 정리하는 것이다. 그 **정리 방법은 하나로 묶는 것이다. 그리고 한데 묶은 것을 분류해서 활용하는 것이다.**

다음 내용은 구체적인 작업 순서이다.

다양한 메모 수단을 능수능란하게 활용할 수 있다면 프로라고 할 수 있지만, 사실 **메모장은 여러 종류를 가지고 있어서는 안 된다.**

메모란 간단하게 하는 것이다.

예를 들면 시스템 다이어리와 소형 메모장, 회의용 작은 메모장 등을 가지고 있다면 어느 수첩에 어떤 내용을 적어두었는지 혼란스러워진다. 자신은 '문득 생각난 것은 시스템 다이어리에, 행동중에 일어나는 일은 소형 메모장에, 회의 내용은 회의용 메모장에' 하는 식으로 정해 둔다 하더라도 생각처럼 그리 잘 되지는 않는다.

메모할 때의 6가지 기본

여기에 메모할 때의 기본에 대해 정리해 보았다.

① 처음 메모하는 용지는 아무것이나 상관없지만, 최종적으로는 일정한 형태의 종이로 통일한다

일이 바쁠 때는 일일이 메모장을 꺼내 메모할 시간이 없을 때가 있다. 물론 항상 메모장을 가지고 다니면 거기에 메모하는 것이 중요하지만, 무리하게 여기에 구애받을 필요는 없다. 급할 때는 커피숍에 있는 냅킨에 메모해도 상관없다. 그러나 최종적으로는 A4 등 일정한 크기의 종이에 붙여두는 등 형태를 통일시킨다.

② 메모장은 여러 종류를 가지고 다니지 않는다

이는 앞서 설명한 바와 같이 용도 · 내용 · 목적에 따라 메모장을 구분하여 쓴다면 오히려 혼란스러워질 뿐이다.

③ 메모 첫머리에는 반드시 '날짜'를 적어둔다

메모지 우측 상단(이런 식으로 위치를 정해 두면 좋다)에는 날짜와 장소를 적어두고, 가능하면 '○○씨와 ○○건' 식으로 제목까지 적어두는 것이 바람직하다.

④ 내용은 조목별로 적는다

메모는 문장 형식으로 써서는 안 된다. 내용만 생각나면 되므로 길게 쓸 필요가 없다.

⑤ 키워드(누가, 어디서, 숫자, 기타 핵심적인 단어 등)를 적는다

이렇게 언제, 어디서와 같은 '6하 원칙'은 메모 기술이나 노트 기술의 기본이다.

⑥ 생각이 나면 바로 적는다

순간적으로 떠오른 생각은 바로 메모하는 습관을 들인다.

메모를 노트에 옮겨 적는 것도 좋다

메모장에 적어둔 정보는 그 상태로는 살아 있는 것이 아니다. 노트 등에 옮겨 적은 후에야 비로소 새로 발굴된 정보가 되고, 업무에도 널리 활용된다. 때문에 나는 항상 노트 한 권을 가지고 다니도록 권한다.

평소에 가지고 다니면서 메모하는 것은 손바닥만한 메모장이지만, **업무가 일단락되면 커피숍 같은 곳에서 노트에 옮겨 정리**한다.

메모할 때의 6가지 기본

1 최종적으로는 일정한 형태의 종이로 통일한다

일이 바쁠 때는 일일이 메모장을 꺼내 메모할 시간이 없으므로, 급할 때는 커피숍에 있는 냅킨에 메모해도 상관없다. 그러나 최종적으로는 A4 등 일정한 크기의 종이에 붙여, 형태를 통일시킨다

2 메모장은 여러 종류를 가지고 다니지 않는다

용도 · 내용 · 목적에 따라 메모장을 구분하여 쓴다면 오히려 혼란스러워질 뿐이다

3 메모 첫머리에는 반드시 '날짜'를 적어둔다

메모지 우측 상단(이런 식으로 위치를 정해두면 좋다)에는 날짜나 장소를 적어두고, 가능하면 '○○ 씨와 ○○ 건' 식으로 제목까지 적어두는 것이 바람직하다

4 내용은 조목별로 적는다

메모는 문장 형식으로 써서는 안 된다. 내용만 생각나면 되므로 길게 쓸 필요가 없다

5 키워드(누가, 어디서, 숫자, 기타 핵심적인 단어 등)를 적는다

이른바 '6하 원칙'은 메모 기술이나 노트 기술의 기본이다

6 생각이 나면 바로 적는다

문득 떠오른 일은 바로 메모하는 습관을 들인다

노트 크기는 지금까지 여러 가지로 시행착오를 겪었지만, 결국에는 A5 사이즈로 낙착되었다. 보통의 단행본 사이즈보다 한 단계 커서 가방 속에 쏙 집어넣을 수 있다.

이 정도 크기라면 장황하게 길게 쓸 필요도 없이 핵심만을 요약하여 쓰게 되며, 한 단계 더 작은 B6 사이즈도 괜찮을 것이다.

그러나 **이 부분에 대해서는 너무 구애받을 필요 없다.** 작년에 집필한 『메모의 기술』(해바라기)에서도 소개했는데, 내가 아는 편집장의 경우에는 책상 위에 A4 크기의 대학 노트를 세워두는데 그의 메모장은 이 한 권뿐이다.

전화가 걸려오면 이 노트를 펼쳐놓고 이야기한 내용과 만나기로 한 시간 등을 적어놓는다. 기획에 관한 아이디어가 떠올랐을 때에도 이 노트에 적고, 팩스가 들어오면 중요한 부분만을 이 노트에 오려 붙인다. 또 외출중 쪽지에 적어두었던 메모도 옮겨 적지 않고 그대로 붙여놓는다.

그는 항상 이 노트를 다시 읽으면서 중요한 항목 등에는 표시를 하거나 새로운 아이디어는 추가로 적어나간다. 메모는 반드시 다시 읽어보아야 하는데, **메모를 잘 활용할 수 있느냐 사장시켜버리느냐는 바로 이 '사후 관리' 작업을 어떻게 하느냐에 달려 있는 것**이다.

메모를 잘 활용하는 것은 '사후 관리' 작업

메모는 쓰기 전부터 정리해서는 안 된다

메모장
한 권으로 압축시켜 모든 내용을 여기에 적어둔다

항상 이 메모장을 다시 읽어보면서 표시를 하거나 새로운 아이디어를 적어놓는다. 이러한 '사후 관리' 작업이 메모를 잘 활용할 수 있게 해 준다

05 메모는 데이터베이스화 해야 비로소 살아난다

회의 할 때 기록한 메모는 가능한 한 남겨둔다

메모를 하기 시작하면 여러 가지를 깨닫게 되고, 다양한 아이디어가 떠오르게 된다.

예를 들면 일을 하다가도 '이런 식으로 하면 좀더 효율적으로 할 수 있는데' 라는 생각이 들면 바로 메모해 둔다. 그러면 지금 바로 도움이 되지 않더라도 몇 년 후에 자신이 상사가 되었을 때는 반드시 보탬이 된다.

이와 같은 **메모는 함부로 버리지 말고 일정 형태로 남겨둔다.** 그러면 나중에 유용하게 활용할 수 있다. 적어놓고 그저 체크하기만 하는 메모(작업 리스트 등)는 파기해 버려도 괜찮다. 그러나 회의 내용을 적은 메모나 기획에 대한 아이디어를 적은 메모는 테마별로 정리하여 남겨두도록 한다.

메모를 모아 한 권의 노트(책)를 만든다

나는 생각난 메모나 기록, 정보를 테마별로 정리하도록 매우 신경 쓴다.

이 방법 또한 『메모의 기술』에서 소개했는데, 여기서도 간단하게 설명해 두기로 한다.

예를 들면 시스템 다이어리나 메모장에 내용을 메모하고, 그 메모들을 나중에 일정 테마별로 분류해 나가는 것이다. 분류는 기획별로 해도 좋고 인물별로 해도 좋다.

방법은 **메모를 테마별로 풀로 붙여나가는 것뿐**으로 아주 간단하다. 하루 일이 끝나면 그 작업을 일과로 삼고 있다.

나는 이 메모를 한 권의 '책'으로 이해하고 있는데, 책의 제목은 고객이나 프로젝트 명이 된다. 그때그때 내용이 다르므로 완성된 책은 예상치도 못한 스토리나 결과를 가져오기도 하며, 거기서 다시 새로운 무언가가 탄생하기도 하는 것이다.

이 '책'을 나중에 다시 읽어보고 새로 깨달은 점이나 생각을 적어두는 경우도 있다.

그러나 메모의 추억 속에 빠져 '그때 이렇게 했으면 좋았을 걸' 하고 후회할 것이 아니라, 메모로부터 무언가를 찾아내야 한다. 즉, **자신의 체험으로부터 뭔가를 얻어내는 것**이다. 그렇게 되면 실패를

성공으로 이끌어가기 위한 '업무 추진 방법' 이나 실수나 손실을 막기 위한 '순서' 가 눈에 들어오게 된다.

테마별로 정리하여 데이터베이스화 한다

이 '책' 을 다른 관련 자료와 함께 박스에 넣어둔다. 자료나 서적 등, 테마별로 박스에 넣어둔다.

예를 들면 예전에 나는 『35세부터의 산행』이라는 책을 썼는데, 그 당시에 적은 회의 메모나 팩스는 모두 A4 사이즈의 노트에 풀로 붙여져 '책' 이 되어 있다. 이런 책이 4권이고, 그 밖에도 책을 쓸 때 산 속에서 적은 메모나 산에 대한 자료, 촬영한 사진 등을 '산행에 관련된 책' 이라는 박스 파일에 넣어두고 있다.

이러한 파일은 잡화점에서 파는 값이 싼 제품이라도 괜찮다.

자료를 데이터베이스화 하는 첫번째 포인트는 **'넣어두면 완전히 잊어버려라!'** 는 것이다. 컴퓨터에 있는 휴지통처럼 박스 파일 속에 넣어두는 것이다. 단, 박스 파일의 제목을 정하여 나중에 활용하기 쉽게 넣어두는 것이 포인트이다.

메모는 다시 읽고 정리함으로써 살아난다

원래의 이야기로 돌아가자.

'작업 리스트' 든 회의 메모든 메모는 반드시 나중에 다시 읽어보

메모를 테마별로 데이터베이스화 하자

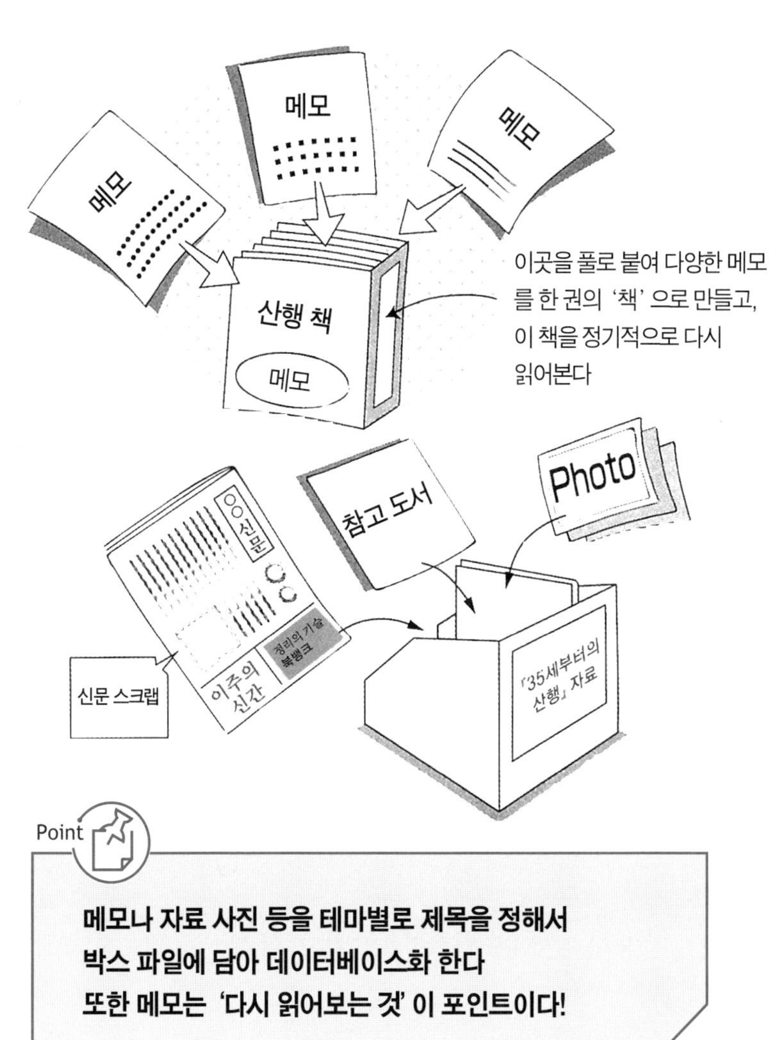

Point

메모나 자료 사진 등을 테마별로 제목을 정해서 박스 파일에 담아 데이터베이스화 한다 또한 메모는 '다시 읽어보는 것' 이 포인트이다!

도록 한다. '작업 리스트' 같은 것을 다시 읽어봐야 아무 의미도 없을 거라는 생각이 들지도 모르지만, 일주일 정도 지나 '그때 이런 일을 이런 순서로 했군' 하고 다시 읽어봄으로써 이 메모가 다음에 다시 살아나는 것이다.

더군다나 회의 내용을 적은 메모 등은 **반드시 다시 읽어보아야** 하고, 가능하면 테마별로 정리해야 한다. 자료를 데이터베이스화 하는 것이 귀찮다는 사람은 여하튼 메모를 다시 읽어보는 습관을 들였으면 한다.

원래 메모라는 것은 어지럽게 적혀 있고, 메모장이나 노트, 수첩 등 그 도구 또한 가지각색이어서 이를 데이터베이스화 하기란 쉽지 않은 일이다. 나 자신도 많은 시행착오를 거쳐 앞 항에서 설명한 데이터베이스를 완성할 수 있었지만, 특별히 이렇게까지 하지 않더라도 메모는 충분히 활용할 수 있다.

그것은 **다음과 같은 기본을 철저히 지키는 것**이다.

① 메모를 함부로 버리지 않는다

② 메모장은 당분간 보관해 둔다

③ 가능하면 나중에 반복해서 다시 읽어본다

물론 '오늘 장보기 목록'과 같은 종류의 메모는 바로 버려도 되지만, 기획이나 아이디어에 도움이 될 만한 메모는 당분간 보관해 두어야 한다.

나는 쪽지 메모에서부터 노트의 가장자리에 갈겨 쓴 메모 등 일상생활 중에 적은 메모까지 모든 메모를 한 권의 책으로 만든다는 생각으로 파일을 하여 보관해 나간다. 쪽지 메모는 A4 복사용지에 붙여 정리해 나간다. 하루 것을 모아 정리해도 되고, 테마별로 정리해도 좋다.

그리고 기회가 되면 그 메모들을 다시 읽어본다. 다시 읽어본 후 깨달은 점은 다른 색으로 메모하거나, **중요한 내용은 표시**를 해둔다.

또한 실제 정확하게 뭔가로 분류할 수 있을 듯한 자료라면 A4나 B5의 종이에 붙여 분류한다. 이때 바탕 종이의 윗부분에는 '정보화 — 컴퓨터' 하는 식으로 분명하게 적어두면 될 것이다. 이를 박스 파일에 보관해도 되고, 무언가로 철해 두어도 좋다.

그런데 이러한 과정에서 가장 중요한 것이 **'다시 읽어보는 것'**이다. 메모했던 것을 그대로 보관한다는 것은 글씨가 지저분하고 엉망이어서 오히려 정리에 방해만 될 뿐이다. 우선 시간을 내어 다시 읽어본다. 그렇게 하면 그 메모를 적을 당시의 일들이 생각나게 된다.

그리고 어지럽게 쓰인 메모 안에서 어떤 내용이 중요한지 알 수 있다면 그 부분에 표시를 해 나가는 것이다.

06 가방 속은 어떻게 정리할 것인가?

가방은 중요한 정보의 집합 장소

가방은 '휴대용 사무실'이기도 하다. 특히 비즈니스맨에게는 무엇보다도 중요한 '도구'라고도 할 수 있다. **솜씨 좋은 기술자의 도구함이 잘 정리되어 있듯이, 유능한 비즈니스맨의 가방일수록 깨끗하게 정리되어 있다.**

책상 속과 마찬가지로 여러분은 자신의 가방 속 내용물을 정확하게 파악하고 있을까? 한번 가방 속에 있는 것들을 전부 쏟아놓고 체크해 보면 좋을 것이다. 필요 없어진 자료나 몇 달 전 영수증, 구겨진 포켓 티슈 등과 같은 물건들이 가방 속에 들어 있지는 않는가?

이렇게 되는 원인은 필요 없게 된 물건들을 그 때마다 바로 버리지 않았기 때문이다. 내가 아는 사람 중에는 가방이 꽉 차서 늘 백화점 쇼핑백과 같은 백을 들고 다니는 사람이 있다. 그러나 그 백 속에는 당장 '그 날' 필요한 물건은 많지 않다. 도리어 이런 백을 들고 다니면 아무 물건이나 다 그 백에 넣게 된다.

가방은 정보가 모여드는 곳이다. 그러나 그냥 방치해 두면 그 속의 정보는 쓰레기가 되고 만다.

'언젠가 읽을지도 모르는' 책

'언젠가 사용할지도 모르는' 자료

그런 것들을 잔뜩 넣어두니까 가방 속이 지저분해지는 것이다. 가방에 넣고 다니는 물건은 **'없으면 업무가 불가능한'** 물건이어야 하며, 그런 의미에서 가방에 담아 가지고 다닐 물건을 정하는 데는 결단력이 필요하다. 이것저것 모두 넣는다면 머리 쓸 것도 없고 쉽지만, 그 대신 가방이 비대해진다.

가방을 가볍게 하려면 어떻게 해야 하나?

가방 속을 말끔하게 하기 위해서는 자료 정리와 마찬가지 요령으로 '오랫동안 쓰지 않는 물건은 버리도록' 해야 한다. 깔끔한 사람이라면 가방 속의 소품류 등도 모두 제자리에 놓여 있지만, 이런 사람의 가방이 가벼운가 하면 결코 그렇다고는 할 수 없다.

너무 꼼꼼한 나머지 만반의 준비를 하려고 가방 속에 잔뜩 물건을 집어넣는 사람도 이런 타입이다. 가방을 정리하고 싶으면 정기적으로 내용물을 체크해야 한다.

예를 들면 '지난번에 제출했으나 전혀 가망이 없고, 앞으로 새로운 기획으로 부활할 가능성도 없는' 서류를 가지고 다니면 가방은 이내 무거워진다. '이 기획은 포기하자' 고 **깨끗이 단념**함으로써 가방 속에 쓸데없는 물건을 넣지 않게 된다.

가방 속을 정기적으로 체크하여 내용이 오래 되었거나 일정 기간 쓰지 않았던 물건은 꺼내 놓는다. 문구류는 케이스에 넣어두는 경우가 많은데, 이 케이스 안도 심상치 않다. 쓸모없게 된 포스트잇이나 못 쓰게 된 볼펜 등은 없는가?

크기도 작고 자질구레한 클립이나 포스트잇 등은 케이스에 모아 넣어두고, 노트북과 같이 무거운 것은 밴드를 이용하여 고정시키면 좋을 것이다.

가방 속에 넣을 물건의 리스트를 만들어 정리한다

가방 속은 서랍과 흡사하여 자신도 모르게 온갖 것을 쑤셔 넣는다. 그래서 ①일정한 기준으로 가방 속 내용물을 체크한다, ②나름대로의 기준을 만들어 가방 속을 분류한다, ③쓸데없는 것을 넣지 않는다. — 이와 같은 점에 신경 써 보자. 그러기 위해서는 **가방 속에는 어떤 것들을 넣을 것인지 일람표를 만들어 한눈에 볼 수 있게** 해야 한다. 그러면 자연스럽게 가방 속도 정리되어 간다.

가방 속에 넣을 물건의 체크 리스트를 만들자

❶ 일정한 기준으로 가방 속 내용물을 체크한다
❷ 나름대로의 기준을 만들어 가방 속을 분류한다
❸ 쓸데없는 것을 넣지 않는다

- 일할 때 항상 가지고 있어야 할 물건은?
- 일할 때 가끔 가지고 있으면 편리한 물건은?
- 일하는 데는 필요하지 않지만, 개인적으로 갖고 있었으면 하는 물건은?
- 늘 가지고 있지만 별로 쓰지 않는 물건은?

'없으면 불편한 물건' 을 넣어두는 것이 기본이다
'있으면 편리한 물건' 을 넣으면 가방이 무거워지고 커진다

07 가방 속 어느 곳에 어떤 물건을 넣으면 잘 정리가 될까?

자주 쓰는 물건은 쉽게 꺼낼 수 있도록

메모장 등 바로 쓸 물건은 가방에서 쉽게 꺼낼 수 있는 곳에 넣어두어야 하는데, 바깥쪽 포켓이 가장 적합할 것이다. 이곳은 항상 고정시켜두는 것이 좋다. 메모장을 넣어 두는 곳이 항상 다르면 막상 사용할 때 혼동된다.

원래 가방은 몇 개의 '방' 으로 나뉘어져 있다. 하지만 방이 너무 많으면 사용하기 불편하다. 그러므로 비즈니스에 사용하는 가방은 점차 주 공간과 몇 개의 칸막이만 있는 심플한 것으로 바뀌어 갈 것이다.

주 공간에는 영업할 때 이용할 자료 등을 집어넣게 되는데, 이 자료는 영업을 하는 순서대로 넣어두도록 한다. 아침에 나갈 때 방문하는 순서대로 자료를 정리하여 그대로 가방에 넣어 두자.

'이것밖에는 넣지 않는다' 는 룰을 만든다

가방을 정리하는 또 한 가지 비결은 '여기에는 OO 외에는 넣지 않는다' 는 룰을 만드는 것이다. 너무 엄격하게 생각하면 오히려 좋지 않지만, **어느 정도의 룰**은 있는 것이 좋다.

예를 들면 **주 공간에는 업무와 관련된 물건 외에는 넣지 않는다**고 정한다. 여러분의 가방을 살펴보면 알겠지만, 가방 속 내용물이 엉망이 되는 원인은 주 공간에 읽다만 신문이나 메모장, 필기구 등이 들어 있기 때문이다. '이곳은 자료실' 이라고 정해 두면 뒤섞일 일도 없다.

이때 사용하는 빈도가 높은 물건이나 바로 꺼내야 할 물건의 위치를 우선적으로 확보한다. 그리고 그 밖의 물건들은 가방 속 어딘가 한 곳에 모아두도록 한다. 다시 말하자면 가방 속 어딘가에 '무엇이든 OK' 인 장소를 만들어두는 것이다. 단, 이곳에는 포켓 티슈 등 이용도가 낮은 물건만 집어넣는다.

이와 같이 하여 사용해 보고, 자연스럽지 못한 점은 개선해 나간다. 또한 필요한 물건은 가방을 열었을 때 위에서 보이도록 정리하는 것이 편리하다.

그러나 한 가지, 아무리 가방 속이 엉망이더라도 수첩과 메모장만은 바로 꺼낼 수 있도록 해두어야 하고, 가능하면 필기구와 함께 넣어두는 게 좋다. 또 비닐 케이스에 두 가지를 함께 넣는 방법도 있는데, 이른바 백 인 백(Bag in Bag)인 것이다.

이 소형 백은 비닐로 되어 있어 내용물이 보이는 것과 내용물이 보이지 않는 것을 같은 사이즈로 두 가지 준비한다. 투명한 케이스에는 예비 메모리칩이나 건전지, 문구류 등을 넣고, 내용물이 보이지 않는 케이스에는 남들에게 보이고 싶지 않은 상비약이나 목캔디 등을 넣어둔다.

잡지나 신문, 서적이 가방을 불편하게 만든다

가방 속에 잡지나 신문이 어지럽게 들어 있지 않는가? 이런 것들을 넣으면 가방 부피가 커지는데다 그 사이 사이에 자료가 끼어 기능적으로도 아주 좋지 않으므로, 잡지나 신문은 절대로 주 공간에는 넣지 말아야 한다. 가장 좋은 방법은 바깥쪽 포켓에 넣는 것인데, 만약 바깥쪽 포켓이 없다면 안쪽 사이드 포켓에 넣는다.

최근에는 잡지를 옆에서 넣을 수 있는 형태의 가방도 판매되고 있기 때문에 매장에 가서 연구해 보면 좋겠다.

또한 **잡지나 신문은 다 읽으면 버리는 것을 철칙으로** 하고, 관심있는 기사는 전철 안에서 찢어두었다가 나중에 깨끗하게 파일링하

가방 속 어느 곳에 어떤 물건을 넣을 것인가?

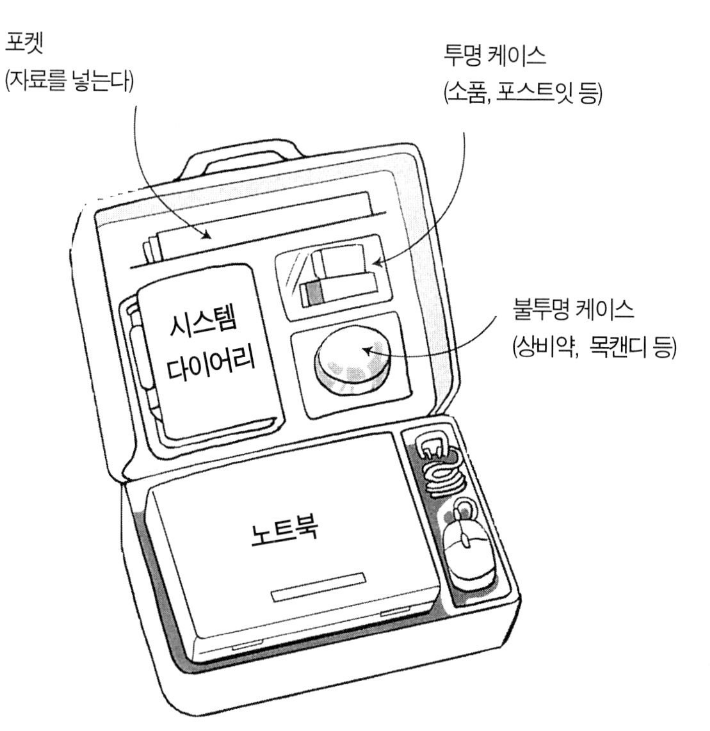

바깥쪽 포켓에는 잡지나 신문을 넣어둔다
최근에는 잡지를 옆에서 넣을 수 있는 제품도
판매되고 있다

면 된다.

처음부터 신문이나 잡지는 필요한 페이지 외에는 가능한 한 빨리 버리는 버릇을 들였으면 한다.

잡지 한 권이나 신문 한 부에서 자기에게 필요한 부분은 극히 일부분에 지나지 않으므로, 나머지는 재활용 쓰레기로 버리도록 한다.

가방을 정리하여 기분을 새롭게 하자

영업사원을 비롯한 외근 사원들에게는 **외출 전후에 잠깐씩 가방을 정리하는 것이 중요**한데, 이때 어떤 일을 하면 좋은지에 대해 정리해 보자.

외근을 나가는 사람은 기본적으로 오늘 하루 어떤 일을 하고, 몇 군데 거래처를 방문하고, 무슨 일을 하고 와야 하는지 머릿속으로 그려 보고, 가방 속에 스케줄 순서대로 필요한 것들이 들어 있는지 체크해야 한다.

항상 가지고 다니는 물건은 평소에 한눈에 볼 수 있게 리스트를 만들어 두고, 외출할 때는 그 리스트를 보면서 재확인하는 것도 좋을 것이다. 이때 필요한 카탈로그나 명함, 설명용 파일, 계약서 등이 흠집이 나거나 오래 되지 않았는지도 확인한다.

외출하기 전에 1분 동안 가방을 정리함으로써, 자신의 일에 대한 이미지 트레이닝을 한다. 그렇게 함으로써 정신상태를 외부 활동 모드로 전환할 수 있게 되고 의욕도 솟아나, 회사를 나설 때 내딛는 발걸음도 달라지게 될 것이다.

노트북 가방 속 정리

약간 다른 이야기이지만, 컴퓨터를 능숙하게 다루기 위해서는 우선 자신의 노트북 컴퓨터를 사야 한다. 사이즈는 B5 크기를 권하고 싶다. 무거운 노트북은 휴대하기 싫지 않으므로 결국 가지고 다니지 않게 된다. 휴대용 노트북은 가능한 한 작고 가벼울수록 좋다.

항상 가지고 다니면 이상하게도 애착심이 생기게 되는데, 이렇게 '손에 익는 것' 이 중요하다. 마니아처럼 자신의 노트북에 애칭을 붙일 정도로까지 좋아하진 않아도 되지만, 컴퓨터가 서투른 사람이라도 애착심을 불러일으킬 만한 무언가를 마련해 두는 것도 좋다. 나는 학창 시절, 내가 싫어하는 과목 교과서에 가장 좋아하는 풍경 사진을 커버로 씌워두었다.

정리라는 의미에서 중요한 것은 **반드시 전용 가방에 넣어두어야 한다**는 것이다. 최근 출시되는 노트북은 충격에도 강해졌다고는 하나 여전히 정밀 기계임에는 변함이 없으므로, 가능하면 보호 케이스에 넣어 끈으로 고정시켜두도록 한다.

08 책이나 잡지의 정보를 정리한다

책이나 잡지가 쌓이는 것은 요주의!

거듭 이야기하지만, 파일이나 책은 반드시 세로로 세워놓아야 한다. 책상 위나 책장에도 책이나 파일은 반드시 세워서 정리하여야 한다.

책이나 파일, **자료가 쌓이게 되는 것은 위험신호**라고 생각하자. 그리고 그것이 수납 공간이 없어서인지, 책이나 자료가 너무 많아서인지, 수납 방법이 서툴러서인지 생각해 본다.

책이나 파일을 세워두지 않고 뉘어서 쌓아 두게 되면 결국 밑에 있는 책이나 파일은 보이지 않게 되고, 그 결과 '보지 않는, 볼 수 없는, 쓸 수 없는' 물건이 되어간다. 따라서 분류 정리를 하기 전에 먼저 필요할 때 쉽게 꺼낼 수 있게 해야 한다.

우선 북엔드로 책이나 파일을 세워두는 것부터 시작한다. 책상 위에 쌓여 있는 서류를 클리어 파일에 넣고, 그 밖의 파일철이나 책들은 북엔드를 이용해 세워나간다. 그래도 책상 위에 놓인 물건이 있으면 불필요한 것은 버리든지 어딘가에 넣어두자.

특히 **책은 치우지 않고 방치해 두면 점점 늘어난다.**

더 이상 책을 세워둘 수 없게 되면 깨끗이 단념하고 처분하는 것을 고려해 보자.

좀처럼 책을 버리지 못하는 사람에게

내가 힘들게 모은 정보나 내가 먹고 싶은 것, 갖고 싶은 것을 참으며 사 모은 책이나 잡지를 버릴 때 나는 이렇게 생각한다. '이 책은 지금의 나를 있게 한 영양소이며, 지금의 나는 그 열매이다' 라고 말이다.

우뚝 서 있는 나무의 탐스런 열매는 책이라는 영양소를 빨아들여 생긴 것이다. 해야 할 일이 끝나 더 이상 쓸모가 없어진 물건을 가려낼 때에는 영양소로 쓰인 물건은 과감하게 버린다. 그래야 자신감도 생긴다.

책장에 책이 가득 차 있으면 새 책을 사고 싶은 생각이 들지 않는다. 일 년에 한 번, 나는 거의 모든 책을 버린다. 그렇게 책을 버리고 나면 서재에는 20권 정도밖에 남지 않는다.

책은 보관하는 것이 목적이 아니다. 문예서는 다르지만, 비즈니스에 관련된 책은 중요 부분만을 추려 보관한다고 생각해도 된다. 또 문예서나 명작 등은 도서관에 가면 읽을 수 있으며, 문고판으로도 많이 나와 있으므로 정 읽고 싶으면 그런 책을 이용하면 된다.

내친김에 얘기하자면 **책에 커버는 씌우지 않도록 한다.** 설사 바로 읽지 않더라도 책장에 꽂아두고 제목을 보는 것만으로도 느낌이 다른 법이다. 그런데 커버가 씌워져 있으면 아무런 정보도 눈에 들어오지 않는다. '아, 저기에 저 책이 있었지' 하고 기억하기만 해도 정보를 가지고 있는 셈이 된다.

쌓여만 가는 잡지는 어떻게 할 것인가?

업무 관계든 취미 관계든 자신도 모르는 사이에 쌓인 잡지들은 어떻게 할 수 없을 정도로 무겁다. 언젠가는 스크랩을 할 거라며 보관하는 사람이 있으나, 10년이 지나도 분명 그 상태 그대로일 것이다.

공간이 충분하고, 진열해 놓고 바라보는 것을 좋아하며, 정리를 잘하는 사람이라면 그래도 괜찮지만, 그렇지 못한 사람은 **매달 사 보는 잡지는 다 읽고 나면 즉시 해체하도록 한다.** 표지나 특집, 기획 연재나 소설, 대담, 정보, 페이지 칼럼 등은 분류해서 따로따로 정리해야 하는데, 이런 일은 아주 재미있는 취미가 되기도 한다.

버리지 못하는 잡지를 어떻게 할 것인가?

매달 사 보는 잡지는 다 읽고 나면 해체한다

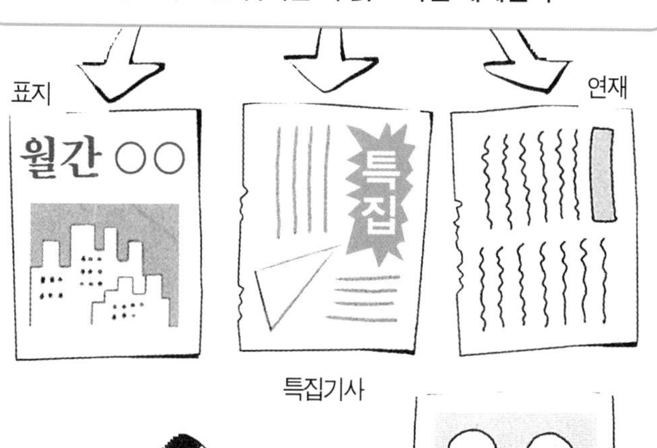

Point

이렇게 분류 · 정리하여 중요한 것은 철해두고, 필요 없는 것은 버린다. 목차만 철해두는 것도 권하고 싶다

일 년분이든 10년분이든 이렇게 하고 나면, 따로따로 분류된 각 자료들은 또 다른 의미의 정보가 된다. 예를 들면 영화를 소개하는 페이지가 10년분이 모이면 하나의 정보 자료로서, 또 취미 수준을 뛰어넘는 지식이 될 것이다.

그렇게까지는 하지 않더라도 **목차 부분만을 오려내 파일에 철해** 두는 것도 권하고 싶다. 잡지의 호수까지 정리하게 되면 분량이 많아지지만, 이 방법대로 하면 총목차표가 만들어져, 나중에 그 기사가 필요할 때는 그 목차를 바탕으로 도서관이나 출판사의 홈페이지 등에서 검색해 보면 쉽게 찾을 수 있게 된다.

잡지는 대충 읽는다

무척 좋아하는 잡지라면 한 권을 구석구석까지 읽는 것도 좋지만, '정보 수집' 이라는 의미에서는 많은 잡지를 속독하는 것이 좋다. 목차를 보고 읽고 싶은 기사를 체크하여 그 기사를 읽고, 내용이 흥미로우면 포스트잇을 붙여둔다.

자기 소유의 잡지라면 빈 공간에 메모를 해두어도 좋다.

그리고 **정말 재미있었던 기사는 다시 읽고, 보관할 필요가 있으면 복사를 하거나 오려내 파일에 철**을 한다. 아니면 철해두기 전에 오려낸 기사를 가지고 다니면서 전철 안 등에서 읽는다. 잡지란 문자 그대로 '아무렇게나' 다루어야 비로소 가치가 있는 미디어이기도 한 것이다.

잡지의 기사 정리는 이렇게 한다

잡지는 정보의 보고이다. 그러나 정보의 양이 많고, 또한 실려 있는 정보는 시간이 지나면 낡은 정보가 된다(인물 르포 등은 예외지만). 그렇기 때문에 다 읽고 중요한 부분을 철해두고 과감하게 버리도록 한다. 특히 **일 년 이상 지난 컴퓨터 관련 잡지나 경제 관련 잡지**는 컴퓨터나 경제 관계의 문필가 이외의 사람에게는 거의 의미가 없다고 할 수 있다.

파일에 철해 두었던 잡지 정보도 마찬가지이므로 정기적으로 체크해서 낡은 정보는 과감하게 버린다. 물론 파일해 둔 데에는 그만한 이유가 있기 때문에 버리기 전에 잘 읽어보고 버릴 것인가 말 것인가를 결정해야 한다.

잡지 정보나 서류 파일 방법에 대해서는 이 장(章)의 시작 부분인 128쪽에서도 설명했지만, 여기서 다시 한 번 설명해 두기로 한다.

① 우선 필요한 정보와 버릴 정보를 구분한다

나름대로의 키워드를 통해 필요성과 유효성, 긴급성 등을 기준으로 선별해 나간다.

② 필요한 정보를 분류한다

선별하여 철해두는 것만으로는 정보는 살아 있는 것이 아니다. 테마별로 분류하여 같은 파일에 철해둠으로써 비로소 '활용할 수 있는' 정보가 된다.

③ 활용하기 쉽도록 분류한다

라벨이나 클리어 파일의 색상을 구분하여 '검색' 하기 쉽도록(꺼내기 쉽도록) 분류하고, 서류의 사이즈는 통일하는 것이 기본이다.

하지만 너무 세밀하게 정리하면 **'정리를 위한 정리'** 가 되어버린다. 어떤 회사의 기획자는 테마나 업무 내용을 세분해서 모든 자료를 클리어 파일에 넣은 다음, 라벨 목록을 붙여 책상 앞에 잔뜩 늘어놓았다. 그러나 안타깝게도 이 사람으로부터 '대단한' 아이디어는 나오지 않는다고 한다.

정리라는 작업은 의외로 시간과 노동력을 요함으로, 가능한 한 간단하고 심플하게 하는 것이 오래 지속할 수 있는 비결인 것이다. 그렇다면 심플하게 하기 위해서는 어떻게 하면 될까? 여러분들도 스스로 연구해 보기 바란다.

'정리를 위한 정리'가 되어선 안 된다

너무 세밀하게 분류해도 도리어 알 수 없게 된다
어느 자료가 중요하고 어느 자료가
필요치 않은지 구분하는 것이 중요하다

정리할 때는 강약을 조율하자

09 신문 기사를 정리 · 활용한다

제목을 보고 읽을 기사를 정한다

신문에는 책 한 권 분량의 정보가 들어 있다고 한다. 하지만 이 기사를 전부 읽자면 아무리 시간이 많아도 부족하다. 특히 비즈니스맨이라면 경제신문과 일반 신문 그리고 가능하다면 업계 관련 신문까지 보고 싶어 한다.

그렇게 되면 **어떻게 꼭 필요한 기사만을 읽느냐**가 중요한데, 순서대로 설명하도록 하자.

우선 118쪽에서도 설명했지만, 신문은 자리에 앉아서 읽지 말고 서서 읽는다. 전철 안에서 읽어야만 하는 경우에는 어쩔 수 없지만, 가능한 한 책상 위에 **신문을 펼쳐놓고 전체를 내려다보는 식**으로 읽어야 한다. 이렇게 하면 한 페이지 안에 나와 있는 제목들이 훤히 보이게 되어 신문의 내용을 대충 파악할 수 있다.

정말로 바쁠 때 많은 신문을 읽어야 할 경우에는 제목만 읽는다(고 하기보다는 훑어본다). 이런 식으로 며칠 동안 계속하면 대충 기사 내용을 파악할 수 있게 된다.

관심을 끌거나 뭔가 문득 생각이 떠올랐을 때, 또는 강하게 끌리는 기사가 있으면 제목에 표시를 해두고 나중에 다시 자세히 읽는다. 그리고 업무에 도움이 될 것 같으면 오려내 철해 둔다.

이 파일은 **'임시 보관'** 박스에 넣어두는 형태로 충분하고, 며칠에 한 번 이를 체크하여, 분류하거나 버려나가는 것이다.

분류하는 데는 클리어 파일(투명한 비닐 케이스)이 적당하며, A4 사이즈를 권하고 싶은데, 이 사이즈가 가장 다루기 편하다. 그런 다음 기사를 넣어둔 클리어 파일을 테마(대분류)별로 박스 파일에 분류한다.

여담이지만, 사이즈가 각기 다른 서류(전표나 스크랩 등)를 정리하는 데도 클리어 파일이 편리(역시 A4 사이즈가 가장 정리하기 쉽다)하다.

스크랩북에 붙여두는 것은 아주 중요한 기사나 추진하고 있는 기획과 관련된 확실한 기사를 체계적으로 모을 때에만 한한다.

그러나 오려낸 신문기사는 각각 크기가 달라 나중에 읽을 때 번거롭기 때문에 A4 **복사용지(약간 두툼한 종이가 좋다)에 붙여 나가는**

것이 좋다.

신문 기사는 가능하면 복사해서 보관한다

신문 기사는 '신선도'가 중요하다. 물론 기업 정보나 인물 정보 등 오래 되어도 가치가 있는 정보도 있다. 예를 들면 '2004년도 세제 개혁 전망'과 같은 기사는 가지고 있어야 소용이 없다. 따라서 이런 경우에는 결정된 법률만 보관하면 된다.

따라서 한 달에 한 번은 점검을 하여 필요 없다고 생각되는 스크랩은 주저없이 버리도록 한다. 또한 상황이 허락한다면 신문 기사는 가능하면 복사해서 보관하도록 한다. 신문용지는 이내 변색해 버리므로 나중에 다시 읽을 때 아주 힘들어 기력이 빠져버린다.

물론 이는 복사기를 가지고 있는 사람이나 회사 복사기를 자유롭게 이용할 수 있는 사람에 한하지만……. 그러나 적어도 앞서 설명한 것처럼 두툼한 바탕 종이에 붙여두도록 해야 한다. 설사 바탕 종이에 붙일 수 없다 해도 이런 신문 스크랩은 반드시 클리어 파일에 넣어두어야 한다. 봉투 파일에 넣어두면 내용물이 보이지 않아 신문 기사의 내용을 바로 알 수 없다.

복사하는 게 귀찮은 사람을 위한 정리 기술

어쨌든 비즈니스맨에게 신문은 중요한 정보 자료이다. 신문

신문기사의 보관 · 정리는?

우선, 제목을 대충 훑어본다

관심을 끌거나 문득 아이디어가 떠오른 기사는
제목에 표시를 해두고 나중에 다시 자세히 읽는다

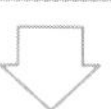

도움이 되리라고 생각하면 오려내 '임시 보관'
파일에 넣어둔다

며칠에 한 번씩 이를 체크하여 분류 · 폐기해 나간다
이 점검 작업이 포인트

오래된 기사는 버린다. 또 상황이 허락하면 신문 기사는 일정한 형태로 복사해 두거나, A4 크기의 바탕 종이에 붙여두는 게 좋다

을 대충 훑어보기만 하고 끝내는 사람들도 많은데, 관심을 끄는 기사는 반드시 오려내 스크랩해 두도록 한다. 이때 앞서 말한 '일정한 형태로 복사'하면 편리하지만, 일일이 복사하기는 번거로운 것도 사실이다. 그래서 다음 방법을 권한다.

① 우선 테마별로 박스 파일을 10개에서 20개 정도 준비한다. 파일 수는 사무실의 넓이에 따라서 달라지지만, 박스 파일의 좌우가 10cm 정도이므로 10여 개가 한도일 것이다.

② 이 박스 파일에 '생태학 정보', '경제 · 금융', '신간 서적' 식으로 테마를 붙여둔다.

③ 오려낸 스크랩을 깊이 생각할 것 없이 그때그때 해당되는 박스 파일에 넣어둔다. 단, 입수한 날짜만은 적어두어야 한다.

④ 시간이 났을 때(또는 한 달에 한 번 시간을 내서) 박스 파일의 내용물을 점검하여 정리한다.

정형화하여 파일링 하는 것은 마지막에 해도 된다. 예를 들면 '정리에 관한 책'에 관련된 스크랩은 '출판 기획' 파일 안에 넣어두고, 나중에 '정리에 관한 책' 관련 스크랩을 일정 형태로 복사하여 철해 놓는다.

스크랩을 정리한다

테마별로 박스 파일을 준비한다

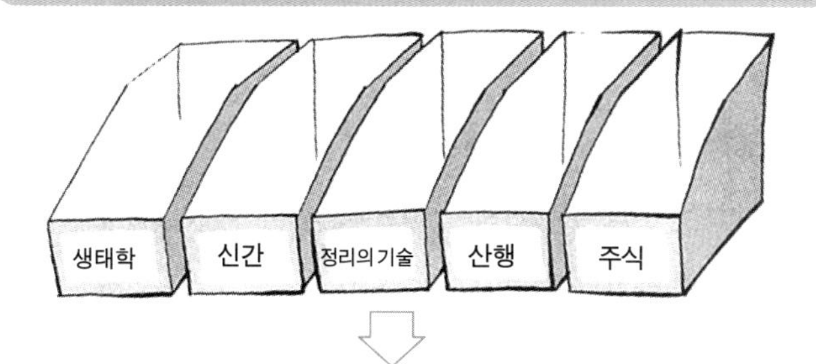

오려낸 스크랩을 그때그때 해당되는 박스 파일에 넣어둔다. 단, '날짜' 만은 반드시 적어둔다

시간이 났을 때 박스 파일의 내용물을 점검하여 정리한다

일정한 형태(예를 들어 A4)로 복사하여 파일하는 것이 가장 좋은 방법이지만, 그게 번거롭다면 그대로 넣어둔다

10 컴퓨터로 일할 때의 정리

보관하는 파일을 정리하기 위해서는 폴더를 만든다

이 책은 내 나름대로 '정리의 기술'에 대해 설명하는 책이지만, 정리라고 하면 컴퓨터 안에 저장된 데이터에 대한 정리도 중요하다.

하지만 이에 대한 설명을 시작하게 되면 책 한 권을 쓸 수 있을 정도로 내용의 깊이가 있는데, 그 증거로 『윈도우즈의 파일 정리 기술』과 같은 책들도 상당수 출판되어 있다.

따라서 여기서는 이 내용을 그리 깊게는 다루지 않을 것이며, 오히려 그런 컴퓨터 관련 서적을 참고해 주었으면 한다.

단 한 가지, **'유사한 문서는 한 폴더에 보관한다'**는 원칙만은 지켜주었으면 한다. 예를 들면 워드로 작성한 기획서나 엑셀로 작성한 결산 관련 서류나 모두 '내문서' 안에 뒤섞여 있으면, 파일 수가 적을 때는 괜찮지만 머지않아 수습할 수 없게 된다.

컴퓨터로 일할 때의 정리 방법

같은 소프트웨어로 작성한 파일은
같은 폴더에 보관한다

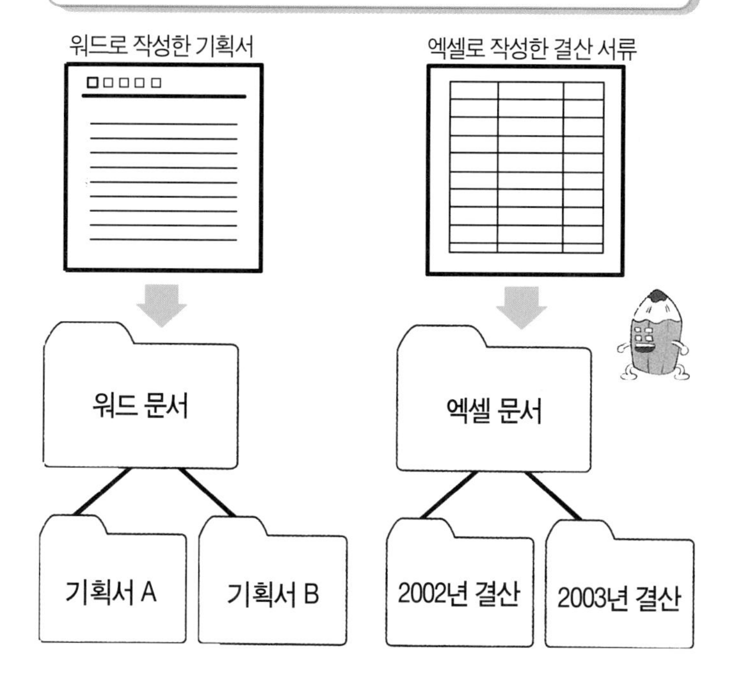

그러나 동일한 테마의 문서는 작성한 소프트웨어가 달라도 동일한 폴더에 보관하는 것이 좋다

내친 김에 한 가지 더 말해 두자면, 윈도우즈의 경우 초기화면(데스크탑)에는 아이콘을 너무 복잡하게 나타내지 말아야 한다. 자주 쓰는 소프트웨어만 바로가기 아이콘을 만들어두면 되는데, 보통 사람이라면 최대한 5개나 6개까지로 줄일 수 있을 것이다.

플로피디스크, CD-R의 정리

최근 들어 줄어들었지만, 아직도 플로피디스크의 수요는 많다. 그 외에도 CD-R 등과 같은 미디어는 그 안에 어떤 내용이 저장되어 있는지 알 수 없으면 다루는 데 애를 먹는다. 따라서 라벨에는 **보관 연월일, 파일의 내용과 같은 정보를 정확하게 적어두어야** 한다.

모든 데이터를 하드디스크에 보관한다는 사람들이 있는데, 어떤 문제로 갑자기 데이터가 지워져버리는 경우가 있으므로 반드시 백업을 해두어 다른 곳에 보관하도록 한다.

이 경우 하드디스크의 데이터와 백업 데이터는 **같은 제목과 같은 분류 방식으로 정리**해야 하며, 'A사 청구서 2003년 11월분' 과 같이 라벨을 붙여 보관하도록 한다.

여기서의 포인트는

① 같은 제목으로 백업한다

② 파일에는 누가 보더라도 알 수 있도록 제목(이름)과 날짜를 적

데이터는 반드시 백업을 받아둔다

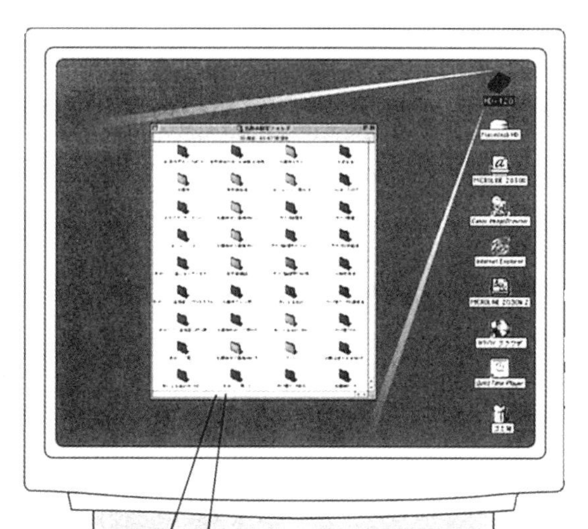

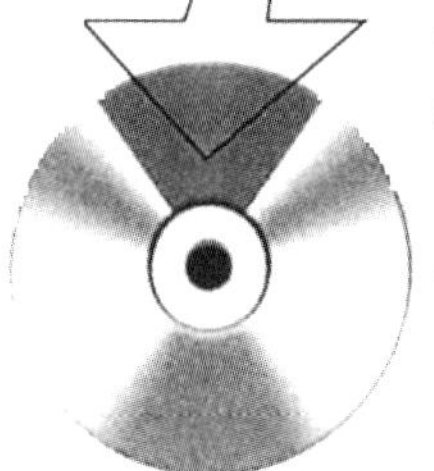

하드디스크의 데이터와
백업 데이터는 '같은 제목',
'같은 분류 방식'
으로 정리해야 한다!

Point

❶ 같은 제목으로 백업한다
❷ 파일명은 누가 보더라도 알 수 있게 (날짜도 적어둔다)
❸ 가능하면 백업한 기록 매체는 같은 것으로 한다

어놓는다

③ 가능하면 백업하는 기록 매체(CD-R 등)는 같은 것으로 한다

이 세 가지이다.

요즘에는 하드디스크의 용량이 크기 때문에 자료를 하드디스크에 보관했다가 자칫 모든 자료를 그대로 날려버리게 된다. 그러나 정말 중요한 데이터는 CD-R 등에 백업을 해놓는 습관을 들였으면 한다. 약간은 번거로워도 일이 어느 정도 끝나면 그때까지의 데이터를 백업하는 습관을 들이도록 하자.

이른바 유비무환인 것이다. 백업을 해둔다는 기본적인 생각이 컴퓨터의 활용과 정보 관리의 바탕이 되어야 한다.

CHAPTER 4

'시간' 을 어떻게 정리할 것인가?

쓸데없는 스케줄을 없애고, 효과적으로 시간을 활용하기 위한

4가지 법칙

CHAPTER_4

01 준비를 잘 해두면 '활용할 수 있는' 시간도 많아진다

정리란 '시간의 단축'이기도 하다.

지금까지 물건과 책상 주변, 정보의 정리에 대해 이야기해 보았다. 책상 주변을 깔끔하게 정리해 **일의 효율을 높이는 것**도, 정보의 정리를 잘하는 것도 결국은 업무 속도를 올리기 위해서이다. 업무 속도가 빠르면 같은 시간에 할 수 있는 일의 양도 많아진다. 결과적으로 그 사람은 '일을 잘하는 사람'이 될 것이다.

일에 쫓기는 사람은 언제나 분주하고 바쁘게 움직인다. 이런 사람은 스케줄을 역으로 되짚어 보지 않기 때문이다.

이제부터 **스케줄을 역으로 되짚어 보는 방법**을 시뮬레이션화해서 살펴보자.

의뢰인에게 기획서를 제출해야 할 날짜가 정해졌다고 하자. 기획서를 작성할 때는 그 기획서를 실제로 작성할 때까지 무엇을 해야 하는가를 생각해 보자. 이때 중요한 것이 기획서를 제출하는 날의 상황을 머릿속으로 그려 보는 것이다.

▶ 면담 스케줄(설명)

▶ 기획의 주안점을 설명

▶ 보충 설명용 자료 제출

▶ 일이 순조롭게 되었을 경우 계약 상담

▶ 가계약서

▶ 실무 혹은 계약 후의 준비, 일정표 등

이러한 것들이 머릿속에 떠오른다면 처음 해야 할 일의 목록과 작업 순서도 정할 수 있고, 소요 시간과 작업 내용도 예측할 수 있다.

기획서에 그치는 것이 아니라, 여기서는 **'일이 완료된 상태까지 연상할 수 있는가'** 하는 것이 포인트이다. 일의 최종적인 형태를 떠올릴 수 있다면, 그에 도달하기까지 무엇을 언제까지 어떻게 하면 될 것인가도 머릿속에 저절로 그려질 것이다.

특히 출장 등의 계획은 주도면밀하게 세워 사전에 호텔이나 열차, 비행기표 예약 등을 미리 해두지 않으면, 예약이 밀려 표를 사지 못하거나 방을 구하지 못해 모처럼 세운 계획 자체가 소용없게 되어버릴 수도 있으니 주의하자.

모두 완벽하게 하려고 생각하지 말자.

일에 쫓기는 사람은 일을 하는 도중에 '아, 보충 설명 자료도 필요하군', '일이 순조롭게 되었을 때를 대비해서 가계약서라도 만들어두지 않으면…' 하는 일들이 생겨, 결국에는 계획했던 작업 시간 안에 일을 끝낼 수 없게 된다.

일이 완료된 상태, 다시 말하면 **목표에 도달(골인)하는 순간을 미리 꿰뚫어볼 수 있는 능력**이 필요하다는 것이다. 이것이 소위 말하는 '준비성'인 것이다. 유능한 비즈니스맨은 그때그때 임기응변적으로 처리하지 않고 앞을 내다보고 준비하기 때문에 '물 흐르듯 자연스럽고 거침없이' 작업을 한다.

그렇긴 하지만 일의 끝을 예상하고 계획을 세워도 진행 도중에 예상치 못한 문제가 발생한다. 이때 당황해서 부산을 떨어봤자 도움이 되지 않는다. 냉정하게(라고는 해도 그리 쉬운 일은 아니지만) 상황을 정리하고, 어떻게 이 국면을 타개할 수 있을 것인가를 생각해 본다.

이때 너무 완벽하게 하려고 하지 않는 것이 중요하다. 처음 계획한 것이 조금 틀어졌을 때 '조금 늦긴 하겠지만 가능할 것이다' 하는 방법이 있다면 바로 그것을 선택하자. 융통성이 없는 사람은 처음 정한 것에 지나치게 연연하여 그 자리에서 고민만 하는 경우가 많다. **계획한 일에 너무 얽매이지 않는 것**도 중요한 포인트이다.

'일의 끝맺음'을 예상하여 일을 한다

일을 시작할 때,
일을 마치는 순간 (완료 상태)
을 예상해 둔다

준비를 잘할 수 있다

처음 결정한 준비 내용과 달라져도 당황하지 말 것. 정한 일에 지나치게 얽매이지 않는 것도 중요!

오늘 하루, 어디까지 할 것인지를 정한다.

언제 무엇을 하면 능률이 오르고 효율이 좋을까를 생각해 보자.

하루를 시작할 때 **'작업 리스트(To Do 리스트)'**를 보고 무엇과 무엇을 할지 먼저 결정한다. 오전에는 계획을 정리하고, 오후에는 복사를 하거나 주소록을 만들거나 회의 자료를 작성하거나 한다.

즉 집중력이 좋은 오전에는 머리를 쓰는 일이나 중요한 작업에 착수하는 것이 좋다. 이때는 우선순위가 높은 일을 하는 것이다. 오후에는 외근이나 몸을 움직이는 작업 등의 활동 시간을 배정해 두면 좋다.

이처럼 시간 배분을 하고 일을 진행해 나가면, 아주 간단한 일이라도 성취했을 때의 성취감은 큰 것이다.

이를 위해 출근 시간에 아슬아슬하게 회사에 올 것이 아니라 늦어도 30분 전쯤에 출근하여 뇌를 워밍업시켜 둔다. 그리고 머리를 잘 회전시키기 위해서는 당분이 조금 있는 간식을 섭취한다. 살찌는 것이 걱정되는 사람은 젤리 같은 것도 좋다. 뇌에 에너지를!

저녁에 회사에 돌아온 후 해야 할 일

외근에서 돌아온 후 일을 시작하기 전에 해야 할 일의 순서를 미리 정해 두자. 외근에서 돌아오면 책상 위에 연락을 부탁하는 메모 등이 놓여 있는데, 이런 것들을 하나하나 처리하다 보면 정작 해

아침에 오늘 할 일의 양을 결정한다

우선 아침에 이 리스트를
본다. 그리고 오늘 하루
무엇을 할지 결정한다

집중력이 좋은 오전에는
'생각하는' 일을 하자
오후에는 몸을 움직이는 일을
하도록 하자

Point

당분은 뇌를 자극시킨다. 머리를 회전시키는 데는 사탕이나 젤리 등을 먹으면 좋다

야 할 일을 잊버리고 다음 날로 미루게 된다. 이처럼 내일이 오늘의 잔업 처리 날이 되어서는 곤란하다.

회사로 돌아오기 전에 '무슨 일이 있어도 오늘은 이 일을 꼭 점검한다'는 식으로 정해 두자.

퇴근할 때는 내일 할 일을 미리 준비해두고 퇴근한다. 내일 하루의 일정표를 만들어두고 퇴근한다. 이른 아침에는 머리가 잘 돌아가지 않고 통근으로 다소 피로가 쌓이기 때문에 아침에 바로 일을 시작하기 위해서라도 스케줄 정리는 전날 외근지에서 회사로 돌아온 후에 해두는 것이 좋다.

작업 리스트를 만드는 법은 자기 나름대로 해도 좋다. 예를 들면, 해야 할 일을 모두 종이에 써 보는 것이다. 생각나는 것부터 기록해 나가면 된다. 머릿속에 떠오르는 것을 다 적어 놓은 다음에 우선순위를 정하면 된다. 일이 끝날 때마다 리스트에서 하나씩 지워간다.

이러한 **'우선순위 결정'**이 중요하다. 순서를 정하지 않더라도 일은 할 수 있지만, 우선순위를 정하면 일에 대한 의식이 분명해져 업무 효율이 올라간다.

저녁에 회사에 돌아와서 할 일

저녁에 돌아오면…

외근지에서의 업무 정리
오늘 업무의 총정리
오늘 업무 점검

퇴근할 때에는…

내일의 준비를 해두고 퇴근한다
내일의 알정표를 작성해 두고 퇴근한다
내일 해야 할 일의 우선순위를 정해둔다

가장 중요한 것은 '우선순위를 정하는' 것이다.
이렇게 해두면 일의 능률이 오른다

02 스케줄을 정리한다

효율적으로 시간을 활용하기 위해서는?

스케줄 작성 방법 다음으로 시간을 어떻게 활용하면 좋을까 생각해 보자.

하루 24시간이라는 시간은 누구에게나 공평하다. 하지만 제대로 정리된 시간을 준비하지 못해 시간을 쓸데없이 소비하는 일이 많다.

비즈니스맨에게는 출퇴근 때나 출장지로 갈 때의 이동 시간, 전화하는 시간, 복사를 하는 시간 등의 **'토막 시간'** 이 많다. 이 토막 시간에 중요한 일을 하다 보면 도중에 끝내야 하는 경우가 생긴다.

토막 시간에는 간단한 일을 한다. 복사 등은 일이 일단락된 이후에 하도록 하고, 전철 안에서는 스케줄을 체크하는 등의 간단한 일을 한다.

일을 할 때는 언제 무엇을 할 것인가 하는 것만이 중요한 것이 아니라 **시간을 정해서 하는 것**도 중요하다. 사람은 시간을 정해 놓지 않으면 언제까지나 그 일을 붙잡고 늘어진다. 그래서 무엇을 하든지 **소요 시간을 정해서 작업에 임해야 한다.** '이 작업은 15분만에 한다' 라든가, '이것은 1시간 안에 끝내자' 는 식으로 반복해서 이를 습관화함으로써 시간 내에 끝마칠 수 있게 된다.

이때 가능한 한 마감 시간은 짧게 정해 둘 것.

예를 들어 A사의 기획서 작성 마감 시한이 실제로는 한 달 후라고 하자. 그러나 그 한 달이라는 기간에는 그 외에도 해야 할 여러가지 일들이 생긴다.

'A사의 기획서 입안' 마감을 한 달 후로 정해 두면 '아, 아직 시간이 많아…' 라고 생각하게 되어 자꾸 미루게 된다는 것이다. 그러다 보면 늘 마감이 다 되어 허둥지둥 일을 하게 될 것이 뻔하다. 설령 한 달 후라고 해도 **'사실은 한 달 후이지만 2주 안에 어느 정도 뼈대는 세워 놓자' 는 식으로 시간을 정해 두기 바란다.**

어쨌든 그냥 **막연히 일을 해서는 안 된다.** 확실한 계획을 세워야 모든 일을 효과적으로 처리할 수 있다. 현실적인 계획을 세워 그것에 맞추어 일을 해야 한다. 그러나 또 돌발 상황이 발생하면 그때그때 임기응변으로 대처할 수도 있어야 한다.—이렇게 할 수 있다면 당신은 시간 관리의 프로가 될 것이다.

일이 갑자기 변경되었을 때의 대응은?

스케줄을 작성할 때 가장 중요한 문제는 갑자기 계획이 변경되었을 때나 돌발 상황에 대처하지 않으면 안 된다는 것이다.

단골고객으로부터 갑자기 호출을 당하거나 클레임 처리 등에 재빨리 대응하기 위해서는 신속하게 일정을 변경할 수 있어야 한다. 특히 어떤 불만 사항 같은 문제 등은 이유를 불문하고 즉시 처리해야 한다. 사전에 이러한 일을 대비해 미리 시간을 비워두지 않으면 안 된다. 그러므로 스케줄을 작성하고 조정하는 시간 정리 능력은 비즈니스맨에게 반드시 필요하다.

그러면 구체적으로 스케줄 변경은 어떻게 하면 좋을까.

1. **즉시 해야 할 일들을 모두 써 본다**

일을 끝내야 하는 일시, 일에 소요되는 예상 시간을 기입한다.

2. **일의 우선순위를 정한다**

써 내려간 목록 중에서 무엇을 먼저 할지, 언제까지 끝내는지 등을 목록에 기입한다.

3. **오후 몇 시 등 구체적으로 언제 할 것인지 메모해 둔다**

4. **이렇게 기입해 둔 목록을 보면서 계획을 세워 기입해 둔다**

각각 소요 시간에 여분(1시간 걸리면 15분, 2시간 걸리면 30분, 이런 식으로 20% 정도 여유를 둔 시간)을 정해 둘 것. 기입하는 동안에라도 그일을 위해 해야 할 일이나 입수해야만 하는 자료, 기재 등이 떠오를 수도 있을 것이다. 그것들을 즉시 참고란에 기입한다.

스케줄 관리의 기본은 '결단력'

비즈니스 세계에는 언제 어디서 무슨 일이 일어날지 알 수가 없다. 직장 상사에게 갑자기 무슨 일을 부탁받거나 부하 직원이나 동료가 갑자기 결근하여 대신 일을 처리하지 않으면 안 될 때, 스케줄 변경을 자연스럽게 할 수 있다면 평상시 하는 일도 쉽게 처리할 수 있게 된다.

원래 비즈니스(일상생활도 그렇지만) 세계는 여러 가지 일이 발생하고, 그때마다 '이건 이렇게 하자!' 고 결정해야 하는 결단의 반복이다. 이러한 결단을 내려야 할 때 가능한 한 망설이지 말아야 한다. 우선 결정한다. 만약 잘못 되었으면 바로 변경하면 된다, 는 생각으로 자신있게 행동한다.

또한 당신은 언제나 **자신의 페이스 대로 일을 하고 있는가?** 상사나 다른 사람들로부터 받은 일을 허둥지둥 처리하여서는 일이 제대로 되지 않는다. **경우에 따라서는 상사의 명령이라도 딱 잘라 거절할 수 있는 용기도 필요하다.** 물론 그것은 평소 자신이 맡은 일을 소신 있게 열심히 해 왔다는 것이 전제되어야 하겠지만.

스케줄 변경이 끝났다면, 일단 자리에서 일어나 화장실로 가서 세수를 하거나 해서 기분을 전환하고, 새로운 기분으로(가능하면 다른 사람의 시각으로) 계획표를 보자. 이렇게 함으로써 좀더 냉정한 시각으로 자신이 세운 스케줄 또는 정리된 계획표를 검토할 수 있게 된다. 이렇게 하여 뇌의 스위치를 변환하는 것이다.

계획과 실제 결과를 점검한다

타당성 있는, 실현 가능한 계획력을 갖추기 위해서는 항상 계획과 실제 결과를 점검할 수 있는 하루 일정표를 만들 것을 권한다. 나는 지금까지 이 일정표를 이용해오고 있는데, 이제는 어느 정도 계획과 실제로 일을 한 결과가 맞아 떨어지게 되었다.

뒤에 있는 표가 그 견본이다. 일의 내용에 따라 사람마다 조금씩 양식을 바꿔도 상관은 없지만, 기본적으로는 이 형식이 좋다.

아침에 일어나면 가장 먼저 이 표의 왼쪽에 '해야 할 일'(예정)을 기입하고, 하루의 계획을 세우자. 이때 앞에서 말했던 것처럼 소요 시간을 예상하여 일과 일 사이에 조금의 여유 시간을 넣는 것이 중요하다.

그리고 하루 일과를 끝낸 후에는 실제는 어떠했는지 결과를 오른쪽에 기입한다. 시간 내에 한 일, 못 한 일 등의 이유를 메모해 두면

스케줄 관리의 기본은 '결단력'

비즈니스에는 문제가 많이 생긴다
그때마다 망설이면 일을 진행할 수가 없다

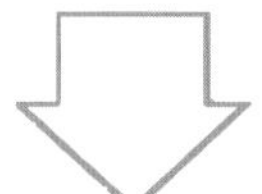

우선, 결정한다!

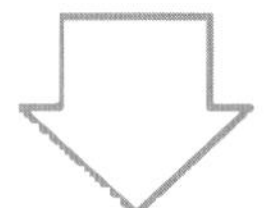

잘 안 된다면 나중에 바꾸면 된다고
생각하도록 하자

상사가 지시한 일을 하는 것만으로는 안 된다.
자신의 페이스를 유지하고, 경우에 따라서는 상사의 지시를 거부하는 용기도 필요하다

나중에 도움이 될 것이다.

이를 반복하면 스스로의 경향도 알 수 있다. 그리고 무엇보다도 어떤 계획을 세울 때 자신에 엄격해진다.

'아참, A사 가는 데는 시간이 조금 더 걸렸지' 또는 '이 부분은 15분 정도 더 줄여도 되겠어' 라는 식으로 생각할 수 있게 될 것이다.

하루의 계획과 결과를 기입한다

년 월 일

	해야 할 일	오늘 한 일	
AM 8:00			
9:00			
10:00			
11:00			
PM12:00			
13:00			
14:00			
15:00			
16:00			
17:00			
18:00			
19:00			
20:00			
21:00			

CHAPTER_4

03 집중 가능한 시간을 만든다

자신만의 시간을 만든다

혼자서 집중해서 일을 하고 싶다며 종종 회의실을 독점하거나, 어디론가 자취를 감추어 연락이 되지 않는 사람들이 있다.

일본 기업의 근무 체제는 아직까지는 일만 잘한다면 어떻게 하더라도 상관없다는 환경은 아니다. 기업은 조직이기 때문에 자신의 입장만을 내세워 일터에서 이탈해서는 안 된다.

그러면 일에 집중하기 위해서는 어떻게 하면 좋을까?

결론은 혼자일 때 일을 하는 것이다. 가장 혼자가 되기 쉬운 때가 출퇴근 때나 외출할 때의 이동 시간이다. 이때 기획서나 계획 또는 아이디어 등을 정리한다. 메모장이 하나 정도 있으면 된다. 전철에서 자리가 없을 때는 서서 메모를 한다. 그러기 위해서는 가방은 어깨에 메는 것이 좋다.

이 일은 앉아서 하는 것이 좋으므로, 출근 시에는 가능하면 전철을 타는 시간을 조절해서 앉아서 가도록 하자.

출퇴근 시간은 앞서 말했듯이 토막 시간이지만, 자료를 점검하거나 신문을 읽으며 정보를 수집하는 데는 안성맞춤이라고 할 수 있다. 이러한 **이동 시간을 유용하게 사용하기 위해서라도 가방에는 자료나 메모장, 책 등을 반드시 넣고 다녀야 하는 것**이다.

점심시간이나 집에서 보내는 시간도 유용하게 활용

다음으로 점심시간도 혼자가 될 가능성이 높다.

5~10분 사이에 식사를 마치고 남는 시간에 카페나 사무실에서 일을 하면 된다. 그리고 회사에서의 일은 잔업을 한다는 사고가 아니라 하루 일을 매끄럽게 진행시키기 위해 일주일에 하루나 이틀 정도는 귀가 후 집에서도 일이나 계획 정리를 하도록 한다.

근무시간에 주어진 일을 다 하지 못했기 때문에 잔업을 하는 것이 아닌, 근무시간에 일을 원만하게 진행시키기 위해서 집에서 잠시 시간을 내는 것이다.

하지만 집에서 일하는 시간은 1시간 등으로 정해 둘 것. 그냥 질질 끌기만 해서는 의미가 없다. '오전에 1시간', '저녁까지 3시간' 등으로 시간을 정해서 하는 습관을 들이는 것이다.

시간 낭비는 없었는가 점검한다

예정은 빗나가기 마련이다. 예정보다 빨리 손님이 오거나, 예정보다 빨리 회의가 끝나거나, 만나야 할 사람이 오지 않는다든가 하여 남는 시간이 생긴다.

이럴 때 그냥 멍하니 시간을 보내느냐, '1시간 정도 여유가 생겼으니, 그 일을 해두자' 고 생각하느냐에 따라서 커다란 차이가 생긴다. 그러한 때를 대비하여 **언제나 10분, 20분 동안에 할 수 있는 일을 생각하며 준비해둔다.** 또 메모장에 그 일의 개요 등을 써 두면 금방 일을 시작할 수 있다. 필자는 언제나 투명 케이스에 테마, 우선순위 등을 기입한 메모를 넣어 일을 할 준비를 한다.

하지만 이런 일이 쉬운 것만은 아니다. 그래서 한 주의 마지막엔 그러한 '여유 시간', '토막 시간' 이 얼마나 있었는지를 점검해 보자. 말하자면 자신의 시간에 대한 총 점검인 것이다.

토막 시간을 유효하게 활용한다

일을 하다 보면 이동 시간 등의
10~30분 정도의 토막 시간이 의외로 많다

예

출퇴근 전철 안
이동하는 전철 안
예정보다 일이 빨리 끝났을 때
일이 끝나서 여유가 있을 때 등

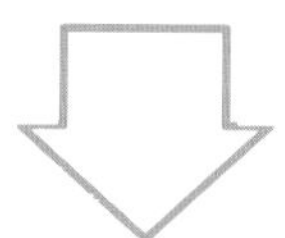

언제나 '10~30분 내에 할 수 있는 일'을 준비해 두자

04 연간 계획을 세운다

달력으로 계획을 정리한다

대략의 장기 계획이나 스케줄 등을 관리할 때 가장 쉬운 방법이 달력을 사용하는 것이다.

컴퓨터로 스케줄 관리가 가능한 프로그램도 있지만, 종이로 된 달력에 써 넣는 습관이 들어 있지 않은 사람은 컴퓨터 상의 달력에도 써 넣지 않는다.

우선 조금 커다란 달력 또는 오른쪽 견본과 같은 달력에 월간, 연간의 계획을 적어 넣고, 연간 계획을 세우는 것부터 시작해 보자.

기본은 일 년분을 모두 보고 기입할 공간이 있는 곳을 사용하는 것이다.

오른쪽 달력에 계획표를 기입하는 방법과 기입할 때의 주의사항을 적어 보았다. 참고해 보도록 하자.

연간 계획을 세운다

SUN	MON	TUE	WED	THU	FRI	SAT
1	2 ← 원고 작성	3	4 →	5	6	7
8	9	10	11	12 ← 출장(부산)	13 →	14
15	16	17 정리하는 날	18	19	20	21 OFF
22 ← 여행	23 →	24	25	26	27	28
29	30	31				

이것을 12개월분 준비하여, 대략적으로 기입해 나간다. 아래와 같은 것도 좋다

2004 MONTHLY THEME

1 JAN	5일까지 해외! 18일까지 정리의 기술 원고 점검
2 FER	정리의 기술 디자이너와 회의
3 MAR	정리의 기술 강연 (시민회관)
4 APR	신작 로드 쇼를 관람
5 MAY	차기 서적 취재 여행

▶ 약속 계획(이동에 걸리는 시간도 기입해 둔다)

▶ 출장 계획(미정의 경우 파란색, 결정되면 붉은색으로 기입)

▶ 납품일(납품일로부터 반대로 계산해서 계획을 정한다)

▶ 신청 계획일(내용과 장소 정도는 메모해 둔다)

▶ 마감

▶ 프로젝트별 계획(화살표 등을 사용해 기입)

▶ 개인적 계획(휴가, 취미 등을 기입해 두면 일에 의욕이 생긴다)

▶ 생일, 결혼기념일, 중요한 날(준비할 것도 기입해 둔다)

▶ 사내 여행, 연중 행사(우천시에는 어떻게 한다는 등, 알고 있는 사실을 기입한다)

▶ 올 일 년의 목표(10년 단위로 미래를 생각한다. 올해는 무엇을 할 것인가, 목표 같은 것도 월 옆에 써 둔다)

▶ 자원봉사, 사회봉사의 계획일(일 년에 한 번 정도는 사회봉사를 가까운 곳에서라도 해 보자. 세상이 보일 것이다)

달력은 처음에는 대략적이어도 좋다

하지만 이처럼 자세하게 일 년 스케줄을 계획할 필요는 없다.

우선 달력에 스케줄 메모만이라도 해두자. 가족이나 중요한 사람들의 생일, 결혼기념일, 보고 싶은 TV 방송 시간이나 채널 등을 달력에 써 둔다.

그렇게 하면 '아, 깜빡 잊었군!' 하는 경우가 조금씩 줄어들게 된다. 먹고 살기 위한 중요한 일도 자주 잊어버린다면 사람 사이의 끈끈한 정이나 인간관계도 끊어지기 십상이다. 그렇게 되기 전에 빨리 달력에 메모를 해두는 습관을 들이기 바란다.

달력뿐 아니라 수첩 혹은 그 주일분 달력 시트를 사용해서 스케줄을 정리해 보자. 언제나 사무만 보는 사람은 컴퓨터를 사용해도 좋지만, 그래도 회의나 미팅에 참가할 때, 계획을 세우기 위해서는 한눈에 볼 수 있는 것으로 관리할 것을 권한다. 컴퓨터는 한눈에 볼 수 없다.

에필로그

'살아있는 시간' 을 만들어내는 것이 정리이다

인간에게는 누구에게나 하루 24시간이 평등하게 주어져 있다. 그렇지만 똑같이 일을 해도 어떤 사람은 여유 있게 일을 하고, 어떤 사람은 허둥대며 책상 주변을 엉망으로 만들곤 한다. 유유히 일하는 사람들의 시간은 바쁘게 일하는 사람들의 시간보다 훨씬 긴 것처럼 보인다.

포인트는 여기에 있다.

정리란 그러한 시간을 손에 넣기 위한 것이다. 물건을 찾는 일이 줄어들고, 수집한 정보를 손쉽게 검색할 수 있다. 시간 관리가 철저해지고 쓸데없는 시간도 줄어든다.

이런 사람들을 '정리를 잘한다' 고 하는 것이다.

그런 사람들의 머릿속은 혼란스럽지 않아 새로운 아이디어도 속속 떠오를 것이다. 하지만 바쁘게 살아가는 사람은 눈앞의 일을 처리하기에만 급급하여 새로운 무언가에 도전할 시간도 여유도 없다.

그렇기는 하지만 정리란 그렇게 간단하지만은 않다. 언제나 책상 위가 깨끗한 사람이 사실은 일도 별로 없는 한가한 사람이었다는 웃지 못할 에피소드도 있다. 단, 한 가지 말할 수 있는 것은 일을 잘하는 사람, 일이 많은 사람은 넓은 의미로 정리를 잘한다는 것이다. 예를 들어 책상 위가 어지럽더라도 어디에 무엇이 있는지 잘 알고 있다. 스케줄이 꽉 차 있어도 결코 스케줄이 겹치거나 약속 시간 직전에 취소하는 일은 없다.

그러한 사람이 되어 주기를 바라는 마음으로 나는 이 책을 썼다. 설명이 부족한 점도 있으리라고 생각하지만, 그것에 대해서는 독자 여러분들이 더 연구해서 자기 나름대로의 정리 방법을 만들어 나갔으면 한다.

비즈니스맨에게 중요한 것은 일의 '최종도달점(골)' 을 바라보는 것이라 생각한다. 그를 위해서는 여러 가지 작업이 있다. 그 중에서도 중요한 것이 일의 정리, 파일링이 아닐까 한다.

'이런 식으로 일을 진행하고 싶다.'

'이런 일을 하고 싶다.'

는 자기만의 이미지를 만들어 두기를 바란다. 그것이 '두뇌 정리' 이기도 하기 때문이다.

지금 나는 출장에서 돌아오는 중이다. 회사 사무실에 돌아갔을 때 고맙게도 내 책상 위에는 메모나 전언이 질서 정연하게 놓여 있을 것이다. 그것이 가능한 것은 나는 출장 전에 반드시 책상 위를 정리하고 나가기 때문이다. 나는 일을 마친 후 책상 위에 아무것도 놓아 두지 않는다.

나는 오늘 그것들을 왼쪽부터 순서대로 읽어 보고 그 메모 내용을 작업 리스트에 정리하는 일부터 시작할 것이다. 그 다음 그 일들의 우선순위를 정해서 일에 착수할 것이다.

바쁜 여러분들도 이 쾌적함을 맛보았으면 한다.

어느 거리의 공항 로비에서

사카토 켄지

하루를 48시간으로 사는

정리의 기술

지은이 | 사카토 겐지

옮긴이 | 이봉노

초판 1쇄 발행 | 2004년 5월 3일

초판 8쇄 발행 | 2010년 3월 15일

펴낸이 | 최용선 **펴낸곳** | 도서출판 **북뱅크**

등록번호 | 제 1999-6호

주소 | 인천광역시 부평구 십정2동 441 종근당빌딩 501호

전화 | (032)434-0174 / 441-0174

팩스 | (032)434-0175 **메일** | bookbank@unitel.co.kr

ISBN | 89-89863-24-4 03830